SÁNDOR MÁRAI

SCHULE DER ARMEN

SÁNDOR MÁRAI

SCHULE DER ARMEN

Ein Leitfaden für Menschen
mit geringem Einkommen

Aus dem Ungarischen
von Tibor Podmaniczky

Piper
München Zürich

Titel der ungarischen Originalausgabe: »A szegények iskolája«

Die vorliegende Übersetzung, erstmals 1947 im
J. P. Toth Verlag, Hamburg, erschienen,
wurde überarbeitet von Hanna Siehr.

ISBN-13: 978-3-492-04859-0
ISBN-10: 3-492-04859-5

Satz: Satz für Satz. Barbara Reischmann, Leutkirch
Druck und Bindung: Clausen & Bosse, Leck
Printed in Germany

www.piper.de

Alles ist zu ertragen,
was nur einen Augenblick dauert.
Aber ist denn das Leben
nicht bloß aus Augenblicken
zusammengestellt?

Jean Paul

Mein kleines Werk soll eine Lücke füllen. Als ausübender Armer bin ich schon lange auf der Suche nach einem Handbuch, einer Art Gebrauchsanweisung für die Armut, nach einem Wegweiser, wie man diesen Zustand mit Würde und ohne besondere Erschütterung des Nervensystems ertragen kann, einem Ratgeber für Menschen mit geringem Einkommen in kritischen Lebenslagen. Mir schwebte so etwas wie ein abgewandeltes Anstandsbüchlein vor, das den Armen in einfacher und praktischer Manier darüber belehrt, wie er sich den oberen Gesellschaftsschichten gegenüber verhalten soll, wie er zu lächeln, sich zu erheben, sich zu setzen, zum Tanz zu bitten, Kartoffeln zu schälen, sich vorzustellen oder die Senkgrube zu putzen hat, ohne besondere Formfehler zu begehen und ohne die Kritik der feineren Welt herauszufordern.

Bei genauer Beobachtung werden wir feststellen müssen, daß die Armen nicht nur ungeschickt leben, sondern sich auch schlecht benehmen. Ihre Manieren sind manchmal unerträglich, ihre Lebensformen denkbar primitiv, ihre Vergnügungen ohne Maß und Ziel. Von diesem Gesichtspunkt aus wäre zum Beispiel Knigges »Über den Umgang mit Menschen« auch heute noch ein vorzügliches Handbuch, hätte dieser populäre Autor in seinem Werk nicht jene nebensächliche und unbedeutende, jedoch zweifelsohne der Betrachtung würdige soziale Tatsache vergessen, nämlich daß die Menschen im allgemeinen kein Geld haben. Den gleichen auffallenden Fehler weisen auch andere vorzügliche Werke der Literatur auf, die den Umgang mit Menschen behandeln. Unter anderem ist es mein Ziel, Menschen, deren Einkommen dreihundertvierzig Pengö nicht erreicht – mit anderen Worten neun Zehntel der Menschheit –, taktvoll, aber entschieden auf die elementaren Gesetze des kultivierten Lebens und deren Auswirkungen aufmerksam zu machen, denn es ist kaum noch mit anzusehen, wie unmanierlich die Welt infolge ihrer Armut geworden ist. Dies wäre ein Ziel meines Buches.

Im Rahmen meiner Ausführungen bin ich nicht in der Lage, mich mit so einfältigen und fruchtlosen Theorien wie der Frage, ob unsere Zivilisation in den letzten Zügen liegt oder ob unsere Wirtschaftsordnung am Ende ihrer Kunst ist, zu befassen, denn mein Buch ist so kurz wie das Leben, auf das wir unser Hauptaugenmerk richten wollen; die theoretischen Bedenken überlassen wir lieber jenen traurigen Menschen, die sich damit berufsmäßig beschäftigen, nämlich den Nationalökonomen und den Kulturphilosophen.

Vorausgesetzt, daß sich die Armut gleich einer Epidemie oder einem mittelalterlichen Aberglauben in unserem Zeitalter ganz gewaltig verbreitet hat und neben dem gewerbsmäßigen und behördlich lizenzierten Bettlertum immer neue und andere Gesellschaftsschichten in ihre Kreise zieht, halte ich ein Handbuch geradezu für eine Notwendigkeit, um die überraschten, hinterrücks Angegriffenen und in die Kasematten der Armut verschleppten Neuarmen, die ihre plötzlich veränderte Lage in ihrem ersten Entsetzen weder begreifen noch mit Haltung tragen können, wie etwa die Neureichen, über das wahre Wesen ihrer Situation und über die möglichen Lebensfreuden, soweit sie in den Kasematten noch in Betracht kommen, aufzuklären. Das wird kein leichtes Unternehmen sein.

Beim Studium der Kirchenväter und der Bücher der Heiligen konnte ich weder Trost noch Befriedigung finden, denn sie loben und preisen die Armut, während mich die Armut anekelt – wenigstens meine eigene Armut –, und zudem finde ich diesen Zustand unsagbar langweilig. Ich hasse übrigens die Langeweile in jeder Form, erinnert sie mich doch an den Tod, den ich verachte; und ganz besonders hasse ich die Langeweile dann, wenn sie sich mir im traurigen Gewand der Armut nähert und mir ihren faulen Atem ins Gesicht haucht.

Ich leugne nicht, daß die Religion ein gewaltiger Trost und in gewisser Weise ein Heilmittel gegen die Armut bedeutet, besonders wenn wir unser Augenmerk ständig auf den himmlischen Lohn richten und uns um all das, was mit uns hienieden geschieht, nicht kümmern. Ich selber bin ein tief religiöser Mensch, und darum überrascht es mich, daß ich mich dennoch seit meiner Geburt hier auf Erden langweile, denn ich bin seit dem Augenblick meiner Geburt arm. Diesen Zustand, von dessen Unabänderlichkeit ich überzeugt bin, habe ich zeitweise als unerträglich empfunden und bin gleich dem verzweifelten Miklos Zrinyi mit hundert Goldstücken in der Tasche aus der belagerten Festung der Armut ausgebrochen – die Folge war natürlich immer die gleiche: ich stürzte.

Bei solchen Ausbrüchen versuchte ich, wenn auch nur auf Augenblicke, am Leben der Reichen teilzunehmen; ich äffte ihre Gewohnheiten nach, reiste in ihren Gefilden, speiste in ihren Restaurants, schlief in ihren Betten und rauchte ihre Zigaretten – es war eine klägliche und plumpe Kraftanstrengung, ähnlich dem Benehmen eines Krebskranken, der in eine Bar geht, um zu tanzen, oder der den Eiffelturm besteigt, in der Einbildung, daß es ihm dann bessergehen würde.

Es dauerte eine gewisse Zeit, bis ich lernte, daß die Armut nicht in meiner Umgebung liegt, sondern in mir selbst, und daß es vor ihr kein Entrinnen gibt. Es dauerte noch länger, bis ich lernte, daß die Atmosphäre der Armut irgendwie den Ausdünstungen einer Schwefelquelle ähnelt, die die Farben der Flora ihrer Umgebung zersetzt und das Chlorophyll der Pflanzen verblassen läßt. Mit den Augen eines Armen gesehen, verwandelt sich die üppigste Landschaft in eine graue und langweilige Gegend – dafür gibt es genügend Beispiele.

Als mir dies eines Tages zum Bewußtsein kam, verzweifelte ich nicht, empörte mich nicht und trat auch keiner politischen Partei bei, was einem würdelosen und albernen Schritt gleichgekommen wäre. Als Mensch, dem die systematische und philosophische Betrachtung nicht ganz fremd ist, begann ich nachzudenken, denn das kostete ja nichts, und es machte mir zudem noch Freude. Das Resultat dieser Grübelei ist dieses Buch.

Es hat, ich weiß es nur zu gut, viele Mängel. Manche werden seine Tendenz vielleicht auch als frivol empfinden. Was kann ich dagegen tun? Als Ausgangspunkt meiner Überlegungen wählte ich den Gedanken, daß es in einer Zivilisation, in der vor lauter Lebensnotwendigkeiten niemand mehr Zeit hat zu leben, zweckmäßig wäre, im Rahmen unentgeltlicher staatlicher Unterrichtskurse die Technik der Armut zu lehren, bevor die Menschheit in ebendieser Armut vollkommen verblödet – ein zwar trauriger, aber unausweichlicher Prozeß. Um so trauriger, da man, von einem höheren Standpunkt aus betrachtet, alles lernen kann, so auch die Armut; man vermag mit Fleiß, Talent, Mühe und selbstloser Hingabe die Qualen der Armut zu lindern, und wenn sie auch immer ein schwer erträglicher Zustand bleiben wird, kann man doch mit gewissen Methoden ihre törichte Langeweile abmildern.

Es fällt mir natürlich nicht ein, solche Dummheiten zu behaupten wie: »Die Welt gleicht einer gedeckten Tafel.« In der Voraussetzung aber, daß der Arme mit den gleichen Sinnen ausgestattet ist wie der Reiche, sie nur nicht richtig zu gebrauchen versteht, habe ich versucht, eine zwar komplizierte, doch für die Armen praktische Methode auszuarbeiten, etwa wie »Mein System«, kleine Lebensübungen, die der Kranke täglich nach dem Aufstehen und vor dem Zubettgehen eine halbe Stunde lang verrichtet, dadurch allmählich die Beweglichkeit des gelähmten Gliedes zurückerlangt und, wenn auch langsam, wieder anfängt zu gehen.

Das Ergebnis meiner Überlegungen ist diese bescheidene Anleitung, deren Titel auch »Ars vivendi pro pauperibus« lauten könnte – bestimmt ein anmutigerer Titel, da auf lateinisch alles schön klingt; aber da nur wenige ihn verstehen würden, verzichte ich lieber auf diesen Vorteil. Der Titel ist gar nicht so wichtig. Wichtig ist das Ziel meines Buches, welches ich mit den einfachsten Mitteln zu erreichen suchte.

Zu guter Letzt nutze ich noch die Gelegenheit, allen jenen zu danken, die mir bei der Verfassung dieses Traktats mit ihren Erfahrungen und Ratschlägen zur Seite gestanden haben. Dies ist bei derlei Abhandlungen üblich, und meist sprechen die Verfasser Museumsdirektoren ihren Dank aus, die nicht so sehr Sachverständige der Armut als vielmehr der ausgestopften Tiere sind.

Ich persönlich befinde mich schon in einer angenehmeren Lage, da ich an dieser Stelle einem so vornehmen und edlen Autor wie dem heiligen Franziskus von Assisi aus tiefstem Herzen Dank sagen kann, hat er mir doch in seinem Werk »Ehe mit Frau Armut« unschätzbare Anleitungen gegeben und mir vor allem zur wahren Erkenntnis der Armut verholfen. Mit Dank gedenke ich meines Freundes Dr. S. T., der sich in diesem Augenblick als ausübender Armer in einer kleinen Straße neben der Universität Philadelphia als vortragender Bettler betätigt, und meines einstigen Kollegen im Seminar Z. L., der jetzt als Armer in Rotterdam lebt. Ihren Ratschlägen und Anweisungen verdanke ich sehr viel.

Ich weiß genau, daß den strengen, den abstrakten Wissenschaften huldigenden Armen die unleugbare Aktualität, die das Buch durch die Behandlung eines so alltäglichen und zeitgemäßen Themas erhält, verdächtig erscheinen muß. Darum habe ich mich bemüht, meine Überlegungen unabhängig von modernen Strömungen der Zeit und unserer Epoche auf realen Grundlagen aufzubauen. Wie weit mir dies gelungen ist, überlasse ich dem Urteil meiner Kritiker.

Ich widme mein kleines Werk den Armen in der ganzen Welt.

Sándor Márai,
Budapest, 1943.

I

Am zweckmäßigsten beschäftigt man sich mit der Armut vom philosophischen Standpunkt aus, schon wegen der einfachen Tatsache, daß in den meisten zivilisierten Staaten jeder, der sich mit der Armut in einer ganz gewöhnlichen Tonart und rein praktisch auseinanderzusetzen versucht, früher oder später hinter Schloß und Riegel endet.

Als erstes wollen wir also feststellen, daß die Armut, vom rein philosophischen Standpunkt aus betrachtet, der normale menschliche Zustand ist. In der Tat, nur die Einfältigen und die berufsmäßig böswilligen Schwätzer können behaupten, daß neuartige wirtschaftliche Theorien oder gar ein hingeworfenes politisches Schlagwort von einem Tag auf den anderen die großen Massen aus dem Zustand der Armut herausheben könnten.

Nur sanfte Träumer oder zu allem entschlossene Fanatiker können dummerweise behaupten, daß die die Erde bevölkernde, im großen und ganzen gutmütige, im Tragen ihrer Leiden ungemein geduldige und in ihrer Gesamtheit talentlose menschliche Rasse sofort glücklich wird und nicht länger arm ist, sobald eine Lehre oder ein Schlagwort, zum Beispiel die Chorgesänge der Heilsarmee oder die Dogmen von Marx, sich mit dem nötigen Nachdruck über die ganze Welt verbreiten. Dies können nur Soziologen oder Menschen glauben, die man für ihre Stellungnahme eigens bezahlt. Ein vernünftiger Mensch dagegen, und vor allem jene, in denen noch der sittliche Mut lebt (was bedeutet, daß sie weder von extrem links noch von extrem rechts Geld annehmen), vermögen Theorien, die mit der Wahrheit so wenig zu tun haben wie Pontius Pilatus mit dem Kredo, nur mit Schamröte im Gesicht anzuhören.

Nach welchem Schlüssel die Menschen unter sich die Produkte und die Bodenschätze der Welt aufteilen, durch welche friedlichen oder gewaltsamen Mittel sie den Verteilungskoeffizienten einer ihre eigenen Interessen begünstigenden Korrektur unterwerfen wollen, mit diesem zweifelsohne sehr aktuellen Problem hat jedoch die Armut – als natürlicher Zustand des Menschen – überhaupt nichts zu tun. Die Menschen haben sich an die Armut gewöhnt und betrachten sie als Selbstverständlichkeit. Prominente Persönlichkeiten erklären ihnen von Zeit zu Zeit, warum sie eigentlich arm sind, und die Menschen hören sich dies meist sogar gläubig an, das ist aber auch alles.

Vom philosophischen Standpunkt aus betrachtet ist es aber vollkommen gleichgültig, ob die Menschen in hoffender Erwartung eines neuen Wirtschaftssystems die Leiden der Armut ertragen, damit eine Bank oder ein industrielles Unternehmen eine höhere Dividende ausschüttet, aus religiöser Überlegung oder aber im Dienst eines romantischen und nebulösen Schlagwortes: zum Beispiel die Freiheit, die Kolonisierungspolitik oder gar ein Streichholztrust. Wie immer wir auch diese Schlagwörter variieren, die Wahrheit läßt sich schwer verheimlichen, daß nämlich die Menschen arm sind, daß nur eine ganze kleine Fraktion der Milliarden von Erdenbewohnern reich ist. Und wenn auch der Staat zeitweise von den Reichen die Rolle des Kapitalisten übernimmt, bleibt doch die Armut der großen Massen in China, in Lappland oder auch in Nischnij Nowgorod gleich.

Die Begründung, warum und zu welchem Zwecke die Menschen hier oder dort arm sind – so bestechend diese Argumentation auch klingen mag –, kann nichts an der Dauerhaftigkeit der geheimnisvollen Institution der Armut ändern. Es gibt selbst in Jahrmarktsbuden kein dankbareres Publikum als das einer Volksversammlung, auf der Redner erklären, warum die Menschen bis jetzt an Armut litten, und sodann bei Vorgaukelung eines fernen Zieles die Anwesenden auffordern, durch begeistertes Akzeptieren neuer Opfer und Entbehrungen dieses Ziel zu verwirklichen. Nun tobt die Zuhörerschaft vor Begeisterung, denn es wird ihr ein Vorwand geboten, auch weiterhin unverändert, vielleicht noch in gesteigertem Maße, arm zu bleiben. Dieser Zustand ist ihr anscheinend so zur zweiten Natur geworden, daß sie sogar von Zeit zu Zeit Revolutionen entfacht und Massenmorde veranstaltet, um die Institution der Armut noch unbedingter und allgemeiner zu verankern.

Ob die großen Menschenmassen in hundert Jahren so arm sein werden wie vor hundert Jahren, darüber kann man in Kursen für berufsmäßige Propagandaredner oder in literarischen Salons debattieren, einen vernünftigen Menschen jedoch, der es wagt, der Wahrheit unerschrokken ins Gesicht zu blicken, interessiert diese Frage so wenig wie die Diskussion von Geologen über das Thema, ob der Spiegel des Pazifischen Ozeans in tausend Jahren um zehn Zentimeter höher oder niedriger liegen wird. Der menschliche Ozean wird, wie immer das bestehende

Wirtschaftssystem auch heißen mag, ganz bestimmt auf dem gleichen Niveau der Armut verharren. Vom moralischen Standpunkt aus beurteilt, gibt es nichts Natürlicheres als diese Feststellung.

Ein alter Herr von ausgezeichneter Beobachtungsgabe machte mich einst in einem Café in Buda darauf aufmerksam, daß die Tiere auch arm sind. Wie jede Wahrheit machte mir auch diese einfache Feststellung klar, daß man nach dem Geheimnis der Armut nicht im Wörterbuch abgeleierter Theorien, sondern in der Wirklichkeit suchen muß. Verblüfft stellen wir dann aber fest, wie sehr sich die wirkliche Natur der Dinge vom Wunschbild unserer Einbildung unterscheidet. Wenn wir uns überlegen, daß es, abgesehen von den Ameisen, den Bienen und den Termiten, in der ganzen Welt kein anderes Lebewesen gibt, welches die Hortung von Gütern als Lebensaufgabe betrachtet und sich an den Besitz der durch Fleiß, Arbeit, List oder Gewalt erworbenen Güter klammert, dann wird uns eindeutig klar, daß die Armut der natürliche Zustand der Geschöpfe ist und daß selbst die obenerwähnten Insekten nur unter dem Zwang einer langweiligen Gesellschaftsordnung ihre monotone Tätigkeit ausüben.

Es ist schwer vorstellbar, daß zum Beispiel die Kraft und Energie eines Löwen, die Skrupellosigkeit einer Hyäne oder die Blutgier eines Wolfes nicht Schritt halten könnten mit den Eigenschaften eines mittelmäßig begabten fünfzigjährigen zuckerkranken Lederfabrikanten, wenn sie ein Vermögen zusammenraffen wollten. Sie wollen aber nicht, und darauf kommt es an. Nicht einmal die Hyäne, dieses niedrigste aller Tiere, bekanntlich vom Aas lebend, denkt im Traum daran, daß man aus dem Fett der toten Tiere Seife sieden und durch den Handel mit dieser Seife reich werden könnte.

Diese vollkommene Gleichgültigkeit der Hoch- und Niedergestellten in der Tierwelt dem Besitz gegenüber wird jeden denkenden Menschen davon überzeugen, daß die Armut – gleich der Luft, die sie atmen – die natürliche Atmosphäre aller Lebewesen ist. Wer hat je von einem Königstiger gehört, der auf die Nachricht hin, daß seine Aktien an der Frankfurter Börse einen Kurssturz erlitten haben, Selbstmord beging, oder von einer Hyäne, die sich aus Verzweiflung aufgehängt hat, als sie eines Tages bemerkte, daß ein Mißgünstiger den von ihr mit sorgsamer Voraussicht vergrabenen Antilopenkadaver in der Nacht herausgescharrt und verschleppt hat? Der Elefant im Tiergarten nimmt zwar die ihm dargebotenen Kupfermünzen an, trompetet sie aber mit einer verächtlichen Gebärde gleich wieder vor die Füße seines Wärters.

Die Tiere, die gleich Menschen die Fähigkeit in sich tragen, ein Vermögen zu erwerben, verachten aufgestapelte Güter. Diese nicht zu leugnende und auffallende Erscheinung mahnt bei der Analyse der menschlichen Armut und des Reichtums zu einer gewissen Vorsicht.

Wenn wir auch die Armut als den natürlichen, wahren und ewigen Zustand der Lebewesen betrachten, so wäre es geradezu albern zu behaupten, die Armut sei etwas Gutes oder ein angenehmer und beglückender Zustand. Selbst das Leben ist nichts besonders Gutes und das Glück schon gar nicht der Endzweck des Seins, eine Ansicht, zu der sich auch Rilke bekannte. »Es ist wirklich nicht wichtig, glücklich zu sein.« Um so weniger kann das Glück der Endzweck der Existenz sein, als diese überhaupt keinen Endzweck hat. Die Armut ist ein ebenso zweckloser, selbstbedingter Zustand wie das Leben, dessen Produkt sie ist.

Nur ganz simple oder von Fanatismus verblendete Menschen können verkünden, die Armut sei die unmittelbare Folge des im allgemeinen gierigen, gewalttätigen und rücksichtslosen Verhaltens der Reichen gegenüber den Armen. Eine der schädlichen Folgen von verantwortungsloser Verbreitung politischer fixer Ideen ist, daß Irrlehren entstehen können, nach denen die allgemeine und ewige Armut die Konsequenz von Raubzügen irgendeiner wilden Interessengemeinschaft oder einer blutdürstigen Interessengruppe sei.

Der Minierarbeit dieser falschen Propheten verdanken wir es, daß der Arme manchmal auf den Gedanken kommt, seine Armut so aufzufassen, als wäre sie die Folge der Verschwörung einer unterirdisch arbeitenden Mafia, einer geheimen Gesellschaft wilder und raublustiger befrackter Aktionäre, die sich ausschließlich zu dem Zweck in Trusts oder Holdings zusammengeschlossen haben, um die Armen auszuplündern.

Wir wollen das natürliche Recht und die durchaus gesunde Anlage der Reichen, die sie unwiderstehlich treibt, ihr Vermögen mit allen ihnen zu Gebote stehenden Mitteln zu vermehren und sich mit den Armen nur so weit zu beschäftigen, wie es ihren Interessen entspricht, keinen Augenblick bestreiten. Glücklicherweise sind die Reichen gesund und kräftig, sonst könnten sie nicht begütert bleiben, im Gegensatz zu den Mittellosen, die selbst in ihren unübersehbaren Massen hilf- und kraftlos sind.

Da es so viele Arme gibt und so wenige Reiche, wäre es jenen infolge ihrer überwältigenden numerischen Mehrheit bei den verschiedensten Gelegenheiten ein leichtes gewesen, den Reichen alle Vorteile und Güter abzunehmen, an die sie sich mit einer so gesunden Beharrlichkeit klammern. Bedenken wir aber, daß von den zwei Milliarden Erdenbewohnern im besten Fall hundert Millionen reich und der Rest arm sind, dann erscheint es zweifelhaft, ob die schönste Theorie, selbst gepaart mit Gewaltanwendung, geeignet wäre, diesem Zustand der Unbeholfenheit ein Ende zu bereiten.

Bei der genauen Untersuchung dieser Verhältniszahlen kommt man unwillkürlich in die Versuchung, mit der Irrlehre zu brechen, die Reichen brächten nur durch Intrigen und Vereinbarungen die Armen um ihre Rechte an den Schätzen der Welt. Wir haben vielmehr das Wesen des Reichtums und der Armut mit der gleichen Unvoreingenommenheit zu untersuchen – wie ein australischer Eingeborener die Grundelemente des französischen Gesellschaftslebens studieren würde –, um die übernatürlichen Kräfte und politikfreien Zusammenhänge zu erkennen, deren Folgen der Reichtum und die Armut sind.

Daß der Besitz von Geld die Reichen von den Armen trennt, ist ebenfalls ein Fehlschluß. Diese These haben hauptsächlich die angelsächsischen Sozialphilosophen gelehrt, und sie lehren sie heute noch. Die französischen und lateinischen Denker im allgemeinen äußern sich dagegen nur mit einiger Zurückhaltung über den Einfluß und die Bedeutung des Geldes bei der Entstehung der Gesellschaftsordnung. Der Grund des Fehlschlusses, der Geldbesitz trenne die Armen von den Reichen, liegt in der Oberflächlichkeit, mit der die Menschen das Geld zu allen Zeiten als einfachen Wertmesser betrachteten und dabei meist vergaßen zu untersuchen, welche Werte es eigentlich sind, die man mit Geld bemessen kann.

Bei genauer Betrachtung kann man tatsächlich feststellen, daß man sich mit Geld, angefangen bei einer Salbe über ein nicht anhaltendes Wollustgefühl bis zur Mehrheit eines Aktienpakets, alles in der Welt kaufen kann, und man muß auch zugeben, daß durch Geld erworbener Besitz und die Möglichkeit der Befriedigung nicht zu unterschätzen sind.

Dagegen kann sich zum Beispiel ein dummer Mensch trotz all seines Geldes die Fähigkeit der klugen Überlegung nicht erkaufen, obwohl das Nachdenken – geben wir es zu – doch mehr Unterhaltung bietet als ein Champagnergelage mit Frauen in einem Nachtlokal. Mit Geld kann man auch die Angst vor dem Tod nicht betäuben, und selbst an und für sich einfache Fähigkeiten wie das Gesangstalent oder der Sinn für Humor lassen sich nicht damit beschaffen. Man würde es nicht glauben, aber tatsächlich ist es so. Wir unterschätzen keinesfalls die produktiven Möglichkeiten, die werteschaffenden Fähigkeiten des Geldes, wenn wir seiner Wirkungskraft auch Grenzen setzen.

Das Geld ist fähig, Haß in Liebe, Gleichgültigkeit in Freundschaft umzuwandeln. Ich selbst zum Beispiel habe die Beobachtung gemacht, daß ich für Geld, und sogar für relativ wenig Geld, zu den edelsten Gefühlen fähig bin. Die Schuld der scheinheiligen und einseitigen kontinentalen Schönliteratur besteht darin, daß viele Menschen auch heute noch an eine magische Kraft des Geldes glauben und daß auf der geistigen Börse, wo man die wechselnden Kurse der Begriffe notiert, die vollkommene Liste derjenigen Werte, die man nicht erstehen kann, noch nicht angeschlagen wurde. Die Mehrheit der Menschen lebt heute noch in der irrigen Annahme, man könne mit Geld, und noch dazu mit einem so minderwertigen und wenig wertbeständigen Symbol wie dem heutigen Geld, die ganze Welt mit ihren gesamten Naturschätzen und Kraftquellen kaufen.

Vom Geld, geben wir es offen zu, kann man nicht vorsichtig genug sprechen. Es käme einer böswilligen Ableugnung der magischen Kraft des Geldes gleich, wollte jemand bestreiten, daß man für Geld auch Menschen kaufen kann, nicht nur den lahmen Bettler an der Kettenbrücke, sondern unter entsprechenden Umständen und mit entsprechenden Mitteln sogar einen Maharadscha, den einen mit seiner Krücke, den andern mit seinem Gesamtbesitz und Harem, also mit Haut und Haaren – ach, nichts ist leichter käuflich als ein Mensch. Geben wir weiter zu, daß man für Geld bis zu einem gewissen Grad auch Gesundheit, Schönheit und das meiste von dem, was einem eine Frau zu bieten vermag, käuflich erwerben kann.

Dagegen können wir zum Beispiel mit Geld nicht erreichen, daß ein Rhinozeros den Menschen mit selbstverständlicher Freundlichkeit anblickt – schon diese eine Tatsache genügt, um dem Irrwahn der alles zu Fall bringenden und in seinen magischen Bannkreis zwingenden Kraft des Geldes mit Zweifel und Vorbehalt entgegenzutreten.

Des Übels Wurzel ist, daß für den Durchschnittsreichen die Wahrheit meist unerträglich erscheint und er sich mit den Surrogaten der Dinge zufriedengeben muß, die das Geld ihm, in Seidenpapier gewickelt, ununterbrochen liefert. Der Reichtum ist letzten Endes etwas Symbolisches und Beschränktes, und die Reichen sind im höheren Sinne des Wortes ebenfalls arme Menschen, da sie sich statt mit der Wahrheit, die sie ebenso fürchten wie ein Köter den Hundefänger, mit Surrogaten oder Symbolen der Wahrheit begnügen müssen, welche die Literatur und die auf ihr Eigenbild zugeschnittene Gesellschaft ihnen fatamorganaartig vorgaukelt.

Nur die allerfeinfühligsten Reichen, die so begabt sind, daß sie Arme sein könnten, wissen, wie beschränkt die Macht ihres Geldes ist und daß nicht nur der Besitz des Geldes sie von den Armen trennt. Schließlich wissen sie auch, daß man zwar für Geld die Tugend kaufen kann (ein sich durchwegs nicht lohnendes Geschäft), jedoch keinesfalls das heiter-beglückende Gefühl, das die Erkenntnis und die praktische Ausübung der sittlichen Wahrheiten der Seele schenkt. Denn entgegen den Puritanern, die an Stelle der »Tugend« die Welt mit ihren traurigen saft- und kraftlosen Salbadereien füttern möchten, ist es unsere Überzeugung, daß die wirkliche Tugendhaftigkeit ein leidenschaftlicher, sinnlicher und heiterer Zustand ist.

Der Reiche, der sich den Freuden des Lebens zwangsläufig immer nur mit dem Schutzmittel seines Geldes nähert, vermag alles zu kaufen, nur nie und nimmer diese Freuden der Tugend. Darum sind auch die Reichen im allgemeinen so traurig.

Der aufrechte, gesunde und nie zu befriedigende Erwerbsinstinkt ist, wie wir wissen, ein charakteristisches Kennzeichen der Reichen. Ein Reicher, der beim Erwerb an einer gewissen Grenze haltmacht und mit dem Erwerben weder weiter kann noch will, zählt nicht mehr zu den wirklich Reichen und wird meist aus ihrer Welt ausgestoßen. Man verhängt die Strafe über ihn wegen Faulheit und Untreue zur Idee, denn die Reichen kennen untereinander viel weniger Erbarmen als Armen gegenüber.

Ein richtiger Reicher vermehrt sein Vermögen, solange er lebt. Wenn ein Reicher sich auch scheinbar zurückgezogen hat, um mit Rosenzucht und dem Studium gotischer Bildhauerkunst seine Zeit zu vertreiben, so versäumt er im geheimen dennoch keine Gelegenheit, um etwas zu erwerben, und sei es nur ein Gratisbillett im Theater. Nehmen wir die Eigenschaften der Reichen unter die Lupe, so überwältigt uns geradezu dieser elementare Zwang in ihrem Erwerbsinstinkt, welcher ihre Handlungen leitet. Gleich den leidenschaftlichen Sammlern, die sich nicht mit den schon in ihrem Besitz befindlichen dreihundertundvierzig Tabatieren begnügen, sondern dazu noch alle anderen Tabatieren der Welt erwerben möchten, sehnt sich der richtige Reiche nicht nach einer bestimmten abgerundeten Summe, auch nicht nach einem Betrag in einer bestimmten Währung, sondern nach dem gesamten Geld der Welt und nach sämtlichen Münzen und Währungen vom Altertum bis zur Gegenwart; er hortet das Geld aus den entlegensten Weltteilen in jeder erdenklichen Form und Art.

Dafür gibt es verschiedene Beispiele. Neben dem gesunden, ehrlichen und frischfrohen Erwerbsinstinkt finden wir als zweite charakteristische Eigenschaft des Reichen einen gewissen zwangsmäßigen inneren Drang zur Anhäufung der Vermögenswerte. Ich kannte einen Reichen, der ins Kino nicht nur Bonbons und Zigaretten verschiedener Sorten mitnahm, sondern auch Kölnisch Wasser und in einem Lederbeutel ungeschliffene Edelsteine, die er von Zeit zu Zeit betastete. Dieser unglückliche Mensch, beherrscht vom zwanghaften inneren Drang zur Häufung aller Dinge, sah von seiner Loge aus der Vorstellung nur mit einem Auge zu, las dazwischen beim Schein einer Taschenlampe amerikanische und französische Magazine, lutschte Bonbons, steckte sich eine Zigarette an, streichelte mit der freien Hand die Hände seiner Begleiterin, roch am Fläschchen mit Kölnisch Wasser und dachte zwischendurch an die in seiner Tasche gehüteten Edelsteine.

Diesen Geisteszustand erwähne ich als besonders charakteristisch. Könnte man sonst verstehen, daß ein Mensch, der eine belgische Kohlengrube sein eigen nennt, sich gleichzeitig zähneknirschend nach einer südamerikanischen Gummiplantage sehnt, so gierig und so besessen, als hinge seine Ehre, sein Leben und sein Seelenheil von der Verwirklichung dieses Wunschtraumes ab? Könnte man verstehen, daß ein anderer, der Millionen in Dollar besitzt, alles auf eine Karte setzt, um das Doppelte dieses Vermögens in schwedischen Kronen zu erraffen?

Dieser Drang, der den Reichen zu eigenartigen und gefährlichen Unternehmungen zwingt, als müßte er dauernd befürchten, etwas zu versäumen, diese vorsichtige und dennoch maßlose Gier nach neuem Besitz, deren tragische Folgen wir in der Welt der Reichen ununterbrochen beobachten können, lehrt uns, daß der Reiche immer aufs Ganze geht, auf den Besitz der gesamten Welt mit allen ihren Flüssen, Gebirgen, Bergwerken, industriellen Anlagen und Geldsorten und nicht auf Bagatellbeträge, die man mit vier Prozent bei einer Bank verzinsen kann.

Die fixe Idee des Besitzerwerbs kann auch oft Früchte tragen, natürlich immer nur in der Hoffnung auf Anhäufung von Werten. Ein richtiger, unverfälschter Reicher –

die eigentlich selten sind, da es zwischen den Reichen eigentümlicherweise viel weniger konstruktive Talente gibt, als man nach den erzielten Erfolgen glauben könnte – bemüht sich gleichzeitig um den Alleinbesitz des französischen Kongo, der Porzellanfabrik von Sèvres und der norwegischen Heringsfischerei, feilscht aber nebenbei ganz gern beim Kauf einer Schachtel Streichhölzer.

In der Einbildung der Armen existiert von den Reichen ein genauso irrtümliches, verworrenes, fast kindliches Bild wie in den primitiven Völkern über die Geisterwelt. In ihrer Phantasie sprechen sie den Phantomen des Reichtums seltsame, ominöse Fähigkeiten zu und glauben, daß die Absichten und Leidenschaften dieser übernatürlichen Wesen ihr Leben beeinflussen, ihr freies Bestimmungsrecht einschränken und sie im ungestörten Genuß des Lebens behindern könnten. Und weil der Arme so wenig von der Welt sieht wie ein Pferd mit Scheuklappen, formt er sich zwangsläufig mit seiner beschränkten Einbildungskraft den Mythos des Reichtums und stellt sich die Welt des Reichen als eine Art von staatlich konzessioniertem Olymp vor, wo Halbgötter in Automobilen herumsausen und zum Fünfuhrtee Nektar trinken.

Für die Armen ist der Reichtum tatsächlich gleichbedeutend mit dem Leben heidnischer Götter, ein Zustand der Gnade und der Gunst, die nur Auserwählten zuteil wird. Der Arme kann nicht verstehen, warum zum Beispiel ein beschränkter, unangenehm aussehender und langweiliger Mensch reich sein kann. Er begreift es einfach nicht und kommt unwillkürlich auf den Gedanken, daß der Reichtum von Gottes Gnaden herrühre. An dieser Ansicht hält er dann auch eigensinnig fest. Mit den Reichen vermag er sich nicht zu verständigen, und er würde am liebsten zu einem Wörterbuch greifen, um ihre Worte in die Sprache der Armen zu übertragen.

Ich muß zugeben, daß ich bei den seltenen Gelegenheiten, wo ein wirklich Reicher mich mit seiner Ansprache auszeichnete, die gleiche Verwirrung und Verlegenheit empfand. Am liebsten wäre ich vor ihm auf die Knie gefallen, hätte seine Hände geküßt oder aber mit tiefen Komplimenten und unter Absingen mittelalterlicher frommer Loblieder meiner Ergriffenheit Ausdruck verliehen über die mir angetane Ehre – über diese einfache, aber nicht abzuleugnende Tatsache, daß er reich ist, ich jedoch arm bin.

Von derartigen Übertreibungen hielten mich nur die Selbstdisziplin und meine philosophische Erziehung zurück. Die Möglichkeit, daß die geistigen Fähigkeiten des zufällig meinen Weg kreuzenden Reichen sich auf dem Niveau einer Ziege oder eines Mulis bewegen könnten, hat nie die fromme Ergriffenheit abgeschwächt, die ich dem Mythos des Reichtums gegenüber empfand. Nur die wirklich Armen und die wirklich Reichen wissen, was für ein scheinheiliges Getue und welche Lügenhaftigkeit dazu gehört, über »Klassen« zu reden und mit Standes- oder Klassentheorien aufzuwarten, wenn in der ganzen Welt seit Urzeiten nur zweierlei Menschengruppen in vollkommener internationaler Gemeinschaft organisch nebeneinander und gewissermaßen nach göttlichen Gesetzen miteinander verbunden leben: die Reichen und die Armen.

Auf diesen zwei riesigen Blocks baut sich die menschliche Gesellschaft auf, und über Klassen wagt man nur in Volksversammlungen Reden zu schwingen, und selbst dort nur mit wenig Erfolg. Wie die Erde und das Firmament, so stoßen diese zwei Welten am Horizont aufeinander, in natürlicher Zusammengehörigkeit und dennoch getrennt, jede ein Kosmos für sich.

Und wenn auch dieselbe Sonne diese zwei Welten beleuchtet, so ist das Spiel von Licht und Schatten in einer Felsenhöhle doch nicht dasselbe wie in der Stratosphäre. So seltsam es auch klingen mag, die Armen haben mit den Reichen keinen Verkehr. Es wäre schwierig, diesen hartnäckigen Hochmut und den Trotz zu analysieren, der sie zurückhält, Einladungen zu Empfängen bei den Gesandtschaften anzunehmen, einem Wohltätigkeitstee oder aber einem Hauseinweihungsfest mit zweihundert Gedecken in einer Prunkvilla beizuwohnen. Die Reichen wissen dies so genau, daß sie die Armen gar nicht erst einladen. Wer hätte in der Rubrik Gesellschaftsnachrichten der Tageszeitungen je gelesen, daß an dem zu Ehren des abberufenen schwedischen Gesandten gegebenen Abendessen der Darmwäscher Stephan Duft samt Gemahlin erschienen wäre, oder daß bei der anläßlich der Ankunft einer ältlichen und mit Schreibmanie behafteten Schriftstellerin vom Kultusminister veranstalteten Teegesellschaft auch der Bremser Emerich Kraft in Begleitung seiner entzückenden Töchter teilgenommen hätte? Die Armen verkehren leider nicht mit den Reichen, und es ist kaum anzunehmen, daß sie diese ebenso hartnäckige wie unbegründete Scheu in absehbarer Zeit überwinden werden.

Im Umgang der Reichen mit den Armen handelt es sich um einen noch viel komplizierteren Fall, denn die Reichen sind unvermeidlich gezwungen, zeitweise mit den Armen zu verkehren, und zwar aus dem einfachen Grund, daß sie auf jene angewiesen sind, im Gegensatz zu den Armen, die die Reichen weder dringend noch gar täglich brauchen.

Dank ihres Takts und ihrer gesellschaftlichen Routine werden die Reichen den Armen gegenüber stets den passenden Umgangston und die entsprechenden Umgangsformen finden – aber unser kleines Buch bezweckt ja gar nicht, die Reichen zu belehren, die es sowieso wissen, sondern die Armen über die Kniffe im Verkehr mit anderen zu unterrichten.

Darum können wir nach Bereinigung der grundlegenden Begriffe sofort auf die Behandlung der eigentlichen Zielsetzung dieses Werks übergehen.

2

Das Unglück besitzt die praktische Eigenschaft, selbst in der bescheidensten Hütte Platz zu finden. Um unglücklich zu sein, braucht man keine besonderen Fähigkeiten. Das Unglück umgibt das Dasein der Armen wie die Luft die Erdkugel: Ohne sie gibt es tatsächlich kein organisches Leben, wenigstens nicht für die Armen. Die feine, dünne, fast ätherische Substanz des Unglücks durchdringt alle Scheidewände ihrer Existenz und wird zum Bestandteil ihrer Feste, ihrer aufdringlichen und einfältigen Zeremonien, ihrer Sorgen und Tragödien. Daraus ergibt sich, daß für den Armen die alltäglichen Schmerzen des Lebens nie dasselbe bedeuten wie für den Reichen: Die Krankheiten, der materielle Ruin, ein Unfall und zuletzt der Tod gehören zu den normalen Erscheinungen und werden so wenig beachtet wie ein gutes, ausgiebiges Gewitter mit Donner und Blitz in der regnerischen Jahreszeit.

In den Augen der Reichen erscheint das Unglück gewissermaßen als Attraktion, sie betrachten ihr eigenes Unglück wie der Zuschauer eine Nummer im Zirkus. Eine Blinddarmentzündung, die Untreue der Geliebten, den Tod eines Freundes, den Zusammenbruch einer abgöttisch verehrten Idee, etwa die Lockerung des Autoritätsprinzips, oder aber die Entwertung einer für prima gehaltenen mexikanischen Ölaktie empfindet er als ein gegen seine Person gerichtetes Attentat, sozusagen als ein Privatissimum – und mit Recht. Das Bewußtsein seiner Auserwähltheit erlaubt ihm nicht, seine Nierenentzündung mit den Millionen und Millionen von tagtäglich in der ganzen Welt diagnostizierten Nierenentzündungen gleichzustellen. Ähnlich wie der Dichter betrachtet der Reiche die Welt wie für seine Zwecke geschaffen. Er feiert geräuschvoll das seltene Ereignis des Unglücks, beruft eine Versammlung, um es zu besprechen, und würde am liebsten ein Gedicht oder einen Artikel schreiben lassen wie über ein welterschütterndes Ereignis. Manchmal tut er es sogar.

Der Arme dagegen schwimmt im Unglück wie ein Fischchen im Tümpel, und es ist, vom biologischen Standpunkt aus betrachtet, interessant zu beobachten, wie er sich mit der Zeit den Lebensbedingungen des Unglücks anpaßt, neue Organe entwickelt, sozusagen seelische Kiemen, die es ihm als Säugetier gestatten, im Unglück zu atmen. Da das niedrigste Lebewesen ebenso wie das höchstentwickelte, mit anderen Worten der Wasserfloh wie auch meinetwegen der Präsident der Bank von England, als einziges Lebensziel die Befriedigung kennt, dürfen wir nicht übertreiben und das Problem so darstellen, als ob für den Armen innerhalb dieser Daueratmosphäre des Unglücks die Befriedigung unmöglich wäre. Allerdings findet der Arme manchmal auf seine eigene Weise Befriedigung, aber immer auf Kosten seines Glücks und in den Grenzen seiner Möglichkeiten.

Das Unglück ist dem Armen so sehr zur Gewohnheit geworden und er hat sich dermaßen damit abgefunden, daß er es nicht mehr bemerkt oder gar als schmerzlich empfindet – er lebt darin wie der Londoner im Nebel, der sich dennoch ausgezeichnet zu orientieren vermag und selbst in der dunkelsten Nacht nach Hause findet.

Das Unglück, da wir nun einmal in diesen Zustand hineingeboren sind, ist nicht viel auffallender oder überraschender als der Lebensprozeß selbst. Der Arme speist mit gutem Appetit zu Mittag und ist gleichzeitig unglücklich, dann schläft er auf dem Sofa inmitten seines Unglücks ein halbes Stündchen oder beschäftigt sich unglücklich, aber intensiv mit seiner kleinen Freundin, arbeitet und verdient sein Geld in allem Unglück. Abends sitzt er unglücklich im Kino oder in der Kneipe und stirbt eines Tages ebenso unglücklich, ohne daß er je sein Unglück, welches keinen Augenblick aufgehört hat, die Atmosphäre seines Lebens zu sein, besonders beachtet hätte. Wie auch im Fegefeuer – welches keine besonderen Schmerzen verursacht, nur sehr lang währt und nicht so sehr in seinen Auswirkungen als eher seinem Wesen nach unerträglich erscheint – die Seelen ihre menschlichen Eigenschaften bewahren, so kann man inmitten allen Unglücks ganz gut leben, kegeln, schwatzen und Witze zum besten geben.

Es ist eine allgemein bekannte Tatsache, daß das Unglück zu den subtilsten Seelenzuständen gehört, die einem zuteil werden können. Die Dichter, die man mit vollem Recht als die edelsten Menschen in der Welt bezeichnet, machen, ohne Geld und Mühe zu sparen, geradezu Jagd auf das Unglück, denn ihre herrlichsten Schöpfungen, und damit die einzige Möglichkeit, sich vollkommene Befriedigung zu verschaffen, verdanken sie den seltenen Augenblicken großen Unglücks. In diesem Sinn und dank des lebenslang eingeatmeten systematischen Unglücks ist auch die Existenz des Armen von einer undefinierbaren feinen Poesie durchdrungen. Diese Inspiration kommt jedoch den Armen selten zum Bewußtsein, die große Wäsche, die Tuberkulose und das Steineklopfen läßt ihnen keine Zeit zur Besinnung. Die poetische Stimmung jedoch, die ihre Zimmer, die Gegenden, die sie bewohnen, und ihre Zusammenkünfte umweht, verleiht dem Leben der Armen einen seltsam wunderlichen Zauber und bannt sie unweigerlich in die magnetischen Kreise der schwebenden, hauchleichten dichterischen Phantasie.

Jeder Reiche, der nur einen einzigen Tag im Leben der Armen aus nächster Nähe genau verfolgt hat, wird dies verstehen und sich mit Sehnsucht daran erinnern. Aus all dem ergibt sich, daß die Armen im allgemeinen viel feinere Menschen sind als die Reichen. Die Armen sind meist von zurückhaltender und stiller Natur. Gleich den wahren Dichtern bleiben sie – wie die Klassiker – im Gespräch, ohne viele Worte zu verlieren, beim Kern der Sache. Die Reichen dagegen sprechen viel und noch mehr Überflüssiges, oft nur, um sich selbst sprechen zu hören, und diese zur künstlichen Vollkommenheit getriebene Geschwätzigkeit nennen sie »Konversation«.

Der Arme »konversiert« nie. Niemand hat je gehört, daß man von einem Badezimmerinstallateur gesagt hätte, er sei ein »ausgezeichneter Causeur«. Der Arme sagt immer nur das Notwendigste, und diesen feinen Zug in seinem Wesen können nur die Dichter richtig bewerten, die ebenfalls nach Knappheit im Ausdruck und nach verinnerlichter Objektivität streben. Die Armut aber ist, obwohl zweifelsohne gottbefohlen, auch gleichzeitig ein physischer Zustand. Das Unglück ist das Kennzeichen dieses physischen Zustands, ebenso wie bei der Frau die von ihr ausstrahlende geschlechtliche Anziehungskraft ihren eigentlichen Zauber ausmacht.

Und wie bei gewissen Naturphänomenen forscht man auch vergebens nach den Ursachen des Unglücks, man erkennt sie nur an ihren Auswirkungen, wie bei der Elektrizität, ohne je die eigentliche Natur der Erscheinung erklären zu können. Es wäre auch schwierig zu erklären, warum die Armen so unglücklich, so beharrlich und begeistert unglücklich sind. Vielleicht nur darum, weil sie arm sind. Vielleicht nur deshalb, weil sie leben müssen.

Die streng wissenschaftliche Methode, die wir in unserer Betrachtung anwenden, verbietet uns, mittels Hypothesen Phänomene zu erklären, darum geben wir es lieber auch auf, eine Ursache für das Unglück der Armen anzugeben, und begnügen uns mit der einfachen Feststellung der Tatsache. Darauf kommt es ja eigentlich an. Einer der grundlegenden Gedanken unserer Aufzeichnungen ist, daß der Arme immer aus einer konstanten, sozusagen gasartigen Atmosphäre des Unglücks heraus handelt, die leichter ist als Sauerstoff. Während der Reiche das Unglück als eine gelegentliche und persönliche Katastrophe betrachtet, bewegt sich der Arme frei und häuslich darin, wie unter einem höheren Schicksal.

Es lohnt sich zu beobachten, mit welcher gewählten, verinnerlichten Aufmerksamkeit sich die Armen in ihr Unglück versenken können. Sie widmen sich dem Unglück mit beschwingter und empfänglicher Seele, gleichsam wie einer Andacht oder einer religiösen Übung. Ich kenne mehrere Arme, die sich, wie sehr empfindliche Medien in Trance, innerhalb einiger Augenblicke in den Zustand des allergrößten Unglücks versetzen können.

Du siehst das folgende Bild: Ein Armer sitzt steif auf seinem Sessel, sagen wir auf der Kaffeehausterrasse, vor ihm auf dem Tisch ein Glas Wasser und Zeitungen, ein Autobus fährt vorbei; der Arme blickt unverwandt auf das Glas Wasser, schließt auf einen Moment die Augen und verfällt sogleich in die magnetische Starre des Unglücks dritten Grades. Jetzt ist er vollkommen unempfindlich für die Geschehnisse der Umwelt, genauso wie ein Medium in Trance; wenn du ihn ansprichst, so sieht er dich mit leerem Blick an, wenn du es ihm befiehlst, steht er auf, verbeugt sich stumm, wiederholt deine Worte und setzt sich dann wieder auf seinen Platz; das Unglück fesselt seinen Willen, sein Blick bleibt leer, und vergebens machst du ihn auf die praktischen und aufregenden Weltereignisse aufmerksam, etwa auf den Dollarkurs in Helsinki oder darauf, daß ein Reicher sich eine neue, noch viel schönere Freundin gekauft hat als die vorige – die Worte dringen nicht bis in sein Bewußtsein, er sitzt inmitten seines Unglücks, unnahbar wie in einem Vakuum.

Für den talentierteren Armen ist die kleinste Gelegenheit schon ein guter Grund, unglücklich zu sein: eine Schaufensterauslage, irgendein blinkender Gegenstand, ein Plakat oder der Flug eines Vogels, Dinge, die seine Aufmerksamkeit fesseln, ihm die Welt in Erinnerung bringen und Ursache genug sind, um ihn in den Zustand des Unglücks zu versetzen. Einzelne atmen das Unglück ein wie den Opiumrauch und schlendern dann mit verträumtem Blick und wachsbleicher Stirn schläfrig umher.

Diese Menschen leben nur in den Minuten bewußten Unglücks, und gleich vornehmen Geistern erkennen sie dann, daß alles wirklich Lohnende ihnen gehört: das nicht Existierende, das Unerreichbare. Der Arme spürt dies mit erstaunlicher Sicherheit und fein abgestimmten Sinnen aus eigener Erfahrung, und er kennt auch den Begriff des »Unerreichbaren« so genau, daß man sich über die sein ganzes Leben durchdringende unverkennbare dichterische Haltung nicht zu wundern braucht.

Bekanntlich leben die Armen wie in einer anderen Welt und gehen ihre eigenen Wege, die die Reichen selten und dann nur aus ganz bestimmten Gründen betreten. Das Klima dieser Bezirke ist beherrscht vom Unglück, vom beständigen Unglück, das mit seiner frostigen Dämmerung ein wenig an das kühle Nordlicht erinnert.

Dafür gibt es verschiedene Beispiele. Dostojewski läßt einen jungen Mann in »Schuld und Sühne« tief unglücklich wegen seiner Armut sein. Ich selber empfand schon öfter meine Armut als ein großes Unglück: so einmal in Heidelberg am 8. Februar 1923 und ein anderes Mal auf französischem Boden, in Nancy, im Zimmer eines übelberüchtigten Hauses gegen halb zwei Uhr in der Nacht; aber auch bei anderen Gelegenheiten, wie es meine Aufzeichnungen beweisen. (Charles Louis Philipp, der vorzügliche Kenner der Armut, beschreibt einen Fall, bei dem ein Mensch vor lauter Unglück und Armut wochenlang unfähig war, die Straße zu betreten.)

Bei Untersuchung der Armenarten stoßen wir sofort auf zwei Hauptgruppen, und zwar auf die große Familie der ausübenden und auf die der geduldeten Armen, welch letztere in gewissen Gegenden des Fernen Ostens auch »Unberührbare« genannt werden. Die Armen sind in Gegenden auffindbar, die von zur malaisch-polinesischen, teils zur ural-altayer, zum kleinen Teil der khamitisch-semitischen und dann wieder zum großen Teil von zur indogermanischen Sprachgruppe gehörigen Völkern bewohnt werden. Neuerdings fand man auch Arme auf dem Gebiet der amerikanischen Sprachengruppen (siehe Upton Sinclair), doch bedarf diese Entdeckung noch einer wissenschaftlichen Bestätigung.

Wie wir sehen, verteilen sich die Armen auf sehr viele Sprachengebiete; der italienische Statistiker Balbi und der deutsche Sprachforscher Pott schätzen die von ihnen gesprochenen Idiome auf 960, während nach dem Schweizer Psychiater Max Müller selbst die Zahl 900 unwahrscheinlich klingt. Schon dieser eine Umstand beweist, wie schwer es dem Reichen fällt, sich ein genaues Bild von den Armen zu machen, der Reiche spricht nämlich, besonders in der Öffentlichkeit, neben seiner Muttersprache nur zwei fremde Sprachen: Englisch und Französisch, und meist alle drei nur fehlerhaft und gebrochen.

Es ist auffallend, wie gut die Armen ihre Muttersprache beherrschen. Außer den 900 Idiomen bedienen sie sich auch einer esperantoartigen eigenen Sprache, die man kurzweg als die Armensprache bezeichnen könnte. Diese Sprache ist von einer dürftigen Einfachheit, die Konjugation ist primitiv, Deklination gibt es kaum, Geschlechtswörter überhaupt nicht, dagegen besitzt sie den großen Vorteil, überall in der Welt verstanden zu werden. Sie stellt in ihrem Aufbau ein Mittelding dar zwischen den agglutinierenden und den flektierenden Sprachen. Ihr Wortschatz ist gering, jedoch von treffendem und nicht mißzuverstehendem Bilderreichtum.

Die Armensprache kennt bezeichnenderweise keine Vergleiche und nennt alles bei seinem richtigen Namen. Wenn ein Armer das Wort »Brot« ausspricht, so versteht er nichts anderes darunter als das aus Weizen oder Roggen hergestellte, von ihm als zweckmäßigstes Nahrungsmittel erkannte Produkt der Backkunst; wenn er sagt »Brot verdienen«, so denkt er tatsächlich an Brot, das er sich verdienen muß, im Gegensatz zum Reichen, dessen Morgenseufzer: »Na, gehen wir unser Brot verdienen«, etwas ganz anderes bedeuten kann, vielleicht daß er bis zum Ende des Tages dreitausendvierhundert Pengö oder eine Speisezimmereinrichtung verdienen will. Wenn der Arme das Wort »Leben« ausspricht, so will er einen abgeschlossenen Zeitraum bezeichnen, sagen wir einige Stunden, von früh bis abends, eine kurze Spanne Zeit, die er lebend zu verbringen hat, und zwar unter bestimmten Bedingungen. Der Reiche jedoch versteht unter dem Wort »Leben« eine Reise, Sonnenschein oder Schatten, wozu er eben Lust hat, was er haben möchte oder wonach er sich sehnt. Der Arme versteht immer etwas Objektives darunter: etwas Tatsächliches.

Wenn zwei Arme sich treffen, so verstehen sie sich, auch ohne ein einziges Wort auszusprechen, lediglich durch eine Geste, oft genügt sogar ein verständnisvoller Blick. Geradezu verblüffend gut haben die Armen der Welt es gelernt, sich untereinander zu verständigen. Dies weiß man auch bei der Polizei – man beobachtet sie vorsichtig und ohne viel Aufhebens zu machen.

Der Sagenkreis der Armen erinnert bei näherer Betrachtung an die griechische Mythologie, allerdings nur im primitiven Sinne des Wortes. Die Götter und Halbgötter, deren Gestalten ihre Gedankenwelt bevölkern, zeigen menschliche Eigenschaften und beschäftigen, wenn auch mit verzerrter und unverhältnismäßiger Übertreibung, durch ihre menschlichen Beziehungen die Phantasie der Armen. Die für die Erhaltung der richtigen Funktion des Gemeinschaftslebens unentbehrlichen weltlichen

Organe und Einrichtungen verwandeln sich in den Augen der Armen in symbolische, mystische Gestalten.

Wie schon erwähnt, halten die Armen den Reichen für ein übernatürliches Wesen. In ihrer einfältigen Phantasie erscheinen ihnen diese hohen und niedrigen Angestellten der weltlichen Institutionen wie Wesen mit übernatürlichen Kräften, die das Leben der Armen vom Augenblick ihrer Geburt an bis zum letzten Atemzug im Auge behalten und beeinflussen. Wenn der Arme auch weiß, wie uneigennützig und notwendig diese ununterbrochene Betreuung von seiten der menschlichen Gemeinschaft ist, so kann er sich doch von der fixen Idee nicht freimachen, daß diese weisen und mächtigen Wesen irgendwie mit dem Schicksal, dessen ausübende Organe sie sind, verwandtschaftliche Beziehungen unterhalten.

Als solche vermögen diese Mächte in der Einbildung der zivilisierten Armen, gleich Geistern oder verwunschenen Seelen, unheilvolle und wundertätige Einflüsse auszuüben. Wie der Sagenkreis der Griechen und Römer von Göttern, Halbgöttern, Dämonen und Musen, von Furien und Erinnyen, von Najaden und Plejaden, Penaten, Titanen und Sirenen wimmelt, so schwirrt es im Sagenkreis der Armen vom Grundbuchamt, vom Gendarmen, vom Bezirksamt, vom Bürgermeisteramt, vom Finanzamt, vom Polizeisergeanten, vom Amtsvorstand, vom Gesundheitsamt, vom Gerichtsvollzieher, vom Arbeitsamt, von der Krankenkasse, und ganz oben im Olymp, in selbst in Gedanken unerreichbarer Sphäre, schweben irgendwo der Generaldirektor, der Präsident, der Minister, der General, fast unsichtbar und dennoch allgegenwärtig. So groß ist die Zahl der Bewohner des Sagenkreises der Armen.

Ihre Sagen, die sich aus den Taten dieser fast unpersönlichen mystischen Gestalten zusammensetzen, klingen monoton, wiederholen sich in ihren Grundgedanken und entbehren jeden Charmes. Die Tatsache, daß ein Mandarin oder ein Minister sich in einen ländlichen Bezirk verirrt hat und dort seine alte Amme mit einer Ansprache auszeichnete, kann zum Kern einer Sagenbildung werden, wie bei den Griechen der Besuch von Zeus auf Kreta, wo eine Ziege einfachen Ursprungs mit Namen Amalthea den Gott nährte und behütete.

Wenn ein dem Armenstand entsprungener Schlachthauskönig aus dem Staate Massachusetts die europäische Kleinstadt aufsucht, der er als Schusterjunge bei Nacht und Nebel einst den Rücken gewandt hatte, um durch »Arbeit, Fleiß und Sparsamkeit« in Amerika ein Vermögen zusammenzutragen, dann würden die Armen zu Ehren des in ihren Augen gefühlsmäßig geradezu überirdischen Besuchers am liebsten Umzüge mit Fahnen und Lobgesängen veranstalten. Die Hauptquellen ihres Sagenkreises sind die Anbetung und die Angst, die ihnen die vollstreckenden Organe des Schicksals einflößen. Sie wissen genau, daß es neben der Welt, in der es ihnen gestattet ist zu leben, noch eine andere Welt gibt, den Olymp, dem sich ein sterblicher Armer nicht nähern darf, höchstens in Gedanken, wie bei den Griechen, darum träumen sie nur von ihm. Sie träumen groteske Sachen: zum Beispiel, daß Rothschild täglich sein Hemd wechselt, sie träumen von Filmdiven, die sich in Ladenschwengel verlieben, oder sie träumen einfach von einer Welt, in der die Tugend ihren Lohn findet.

Ihre Feste sind wenig unterhaltend und bei den seltenen Gelegenheiten, wo sie die Ausübung des Armseins unterbrechen, um sich dem Feiern zu widmen, von ehrfurchtsvoll befangener Achtung vor der Überlieferung gekennzeichnet. Als Vorwand für ihre Feste wählen sie die drei peinlichsten und traurigsten Augenblicke des Lebens: die Geburt, die Heirat und den Tod. Bei diesen Gelegenheiten unterhalten und bewegen sich die Armen mit einer Hilflosigkeit, die jeder Übung des Feierns entbehrt. Die Melodie und der Rhythmus ihrer Feste klingt in den Ohren der Reichen gewollt, wie der verkrampfte Vortrag der Bethlehem-Sänger auf dem Land. Diese drei armseligen Vorwände befriedigen ihr Bedürfnis nach Freude vollkommen. Am ungezwungensten unterhalten sie sich bei einem Todesfall, mit dem Gefühl einer teilweisen Gelöstheit, als läge der Beweis vor, daß im Leben der Armen auch etwas Erfreuliches geschehen kann. Mit mehr Zurückhaltung und mit umständlicheren Zeremonien äußern sie ihre befangenen festlichen Gefühle bei der Hochzeit, als wüßten sie noch nicht, ob das Ereignis etwas Gutes oder Schlechtes für die Zukunft in sich birgt, sie ergeben sich ihr wie dem unabwendbaren Schicksal; die Geburt feiern sie mit ganz geringem Aufwand.

Das wirklich große Fest der Armen ist zweifellos der Leichenschmaus. Die Beerdigung ist selbst im Leben der Ärmsten ein großartiges Ereignis. Jetzt tafeln sie, trinken und singen mit verhüllter Schadenfreude, als ob es dem Toten gelungen wäre, mit raffinierter Schlauheit der Strafe des Lebens zu entrinnen. Nach Begräbnissen benehmen sich die Armen geradezu übermütig, sie wissen, daß mit ihrem Kameraden etwas Außerordentliches geschehen ist, sie grölen und tanzen sogar in einzelnen Gegenden.

Die Feste der Reichen ahmen die Armen weniger nach, sie feiern selten die Auszeichnung eines ihrer Kameraden mit dem Verdienstkreuz erster Klasse oder dessen Ernennung zum Bankpräsidenten, selbst der Fall, daß jemand fünfzig Jahre ununterbrochen Hausbesitzer war, ist kein besonderer Grund zur Feier. In ihrem Leben gibt es nur ein wirkliches Fest, und das ist der Tod. So talentlos sind sie. Ihre Feste begehen sie in geschlossener Gesellschaft unter Ausschluß der Reichen und immer kostümiert, im Kostüm der Armut, das ähnlich wie bei Fastnachtsbällen wie billiger Plunder wirkt.

Die gesellschaftlichen Einrichtungen der Armen sind überaus verwickelt, fast so kompliziert wie die der Reichen. Sie richten sich nebenbei auch noch nach den verschiedenen Gegenden, ebenso wie nach Idiom und Rasse. Die gesellschaftlichen Einrichtungen der Reichen dagegen werden durch internationale Vereinbarungen geregelt. Wer Geld hat, ist ein vornehmer Mensch, wer keins besitzt, nur ein Mensch, eventuell ein »sauber angezogener Gewerbetreibender« oder eine »zur Arbeiterklasse gehörige Frau«. Die Reichen kennen innerhalb ihrer eigenen Welt keine derartigen Unterscheidungen. Wir haben in der Zeitung noch nie gelesen, daß ein »Mann, seinem Äußeren nach ein Rechtsanwalt«, von der Trambahn überfahren wurde. Wenn ein Reicher auch abstammungsgemäß weniger vornehm ist und zudem kein besonders großes Vermögen besitzt, so zählt er dennoch rangordnungsgemäß zu den Reichen und gilt auch als Herr, wie beim Militär der Leutnant und der Feldmarschall gleich salonfähig sind.

Die Armen, die den Titeln und dem Rang viel mehr Bedeutung beimessen als die Reichen, klassifizieren sich untereinander und achten mit haarspalterischer Genauigkeit darauf, jedem Armen den nach Rang und Stand zukommenden Titel zu geben. Wie es unter den Reichen Geheimräte, Barone, Grafen und Fürsten gibt, so gibt es auch bei den Armen »Träger« und »Herrn Gehilfen«, es gibt Hausmeister, Aufseher, Vorarbeiter und Hilfsarbeiter, unter den Straßenkehrern gibt es Oberstraßenkehrer und Gelegenheitsstraßenkehrer, unter den Bettlern findet man mit Achtung und Neid behandelte vornehme Bettler, es gibt aber auch geduldete Parias, sogenannte Gelegenheitsbettler. Die Hierarchie der Armen klassifiziert sich skalenmäßig nach oben und nach unten, genau so wie die Reichen in ihrer eigenen Welt.

Die Reichen neigen zu der Annahme, die Armut sei gleichbedeutend mit dem Zustand der Geldlosigkeit. Davon kann keine Rede sein. Der Reiche, der keinen Pfennig besitzt – und wie viele solche gibt es –, ist noch immer unvergleichlich reicher als der Arme, der vier Anzüge im Schrank hängen hat, ein Häuschen mit Garten in der Vorstadt sein eigen nennt, um den sich vier pausbäckige Kinder tummeln, der eine kleine Pension bezieht, kurz, sein bescheidenes, aber sicheres Auskommen hat und noch dazu ein Sparkassenbuch für unvorhergesehene Fälle. Auch solche Arme gibt es mehr, als anzunehmen wäre.

Der arme Reiche ist nie so arm wie der gutsituierte Arme. Die Reichen wissen jedoch nicht, daß arm zu sein etwas Ähnliches bedeutet wie Chinese zu sein: etwas Unabänderliches.

Die meisten Armen besitzen überhaupt kein Geld: dies sind die »geduldeten Armen«. Auch zwischen den im Urzustand befindlichen primitiven Armen finden sich unfähige Stämme, die Erde essen, aber ebenso Stämme, die sich von Fleisch und Pflanzen ernähren und bescheiden, aber verhältnismäßig gut leben. Die Armut ist nicht die unbedingte Folge der Zivilisation. Arme leben ebenso in gewissen australischen Gegenden, die ein Weißer noch nie betreten hat, wie in den entlegensten Provinzen Chinas, wo es Arme gibt, die von Peking noch nie etwas gehört haben. Die Welt duldet sie wie die Leprakranken.

Dann gibt es auch ausübende Arme, die durch die Zivilisation geschaffen wurden; ihre Töchter tragen kunstseidene Strümpfe, sie besuchen Kinos, und gewaltige Trusts erzeugen in der ganzen Welt für ihren Bedarf Konserven, Radioapparate und Konfektionskleidung; Schriftsteller schreiben auf ihren Geschmack abgestimmte Bücher, sie bewundern Filme in den Kinos, schicken Volksvertreter ins Parlament, und es ist leicht, sie glauben zu machen, daß sie die Herren ihres Schicksals sind.

In Wahrheit sind sie genauso arm wie der Eisbär in der Polarregion, nur mit mehr Verpflichtungen belastet. Ihre Desorientiertheit der Welt gegenüber ist verblüffend, und zu den Reichen führt für sie so wenig ein Weg wie von den Toten zu den Lebenden.

Den ausübenden Armen widme ich dieses Buch.

3

Wenn wir den Armen zur Rechenschaft ziehen, warum er denn so dumm in die Welt schaue, und ihm energisch zur Kenntnis bringen »das Leben ist schön« – dann starrt er uns entgeistert an, dreht den Hut in der Hand, blickt sich hilfesuchend um, und da er nichts anderes sieht als Schule, Kirche und Behörde, die mit düsterem Echo die These wiederholen, neigt er sein Haupt und murmelt gehorsam: »Jawohl, Euer Gnaden. Das Leben ist schön.« Schwer von Begriff, ahnt er dabei nichts vom Reiz dieser These.

Alle Anstrengungen der Reichen sind vergebens, der Lehrer verkündet die These schon in der Volksschule vergebens, und so auch später der Pfarrer und die uneigennützigen Engel der Missionen; die wohltätigen Damen der Gesellschaft veranstalten vergebens mit Lichtbildern geschmückte Vorträge über die Schönheiten des Lebens, nur ganz wenige Arme konnte man davon überzeugen, daß die Erde dem Garten Eden gleiche, welcher ohne Unterschied für arm und reich seinen Überfluß darbiete, und daß der Zauber der Abenddämmerung oder die Symphonie des Tagesanbruchs gleichmäßig alle Bewohner der Erde entzücken könne. Der Arme »hm-hm't« vor sich hin, wenn er dies hört. Von behördlicher Seite hat man ihm des öfteren und nachdrücklich versichert, daß das Leben schön sei, er dürfe nicht verzagen, nur arbeiten, dulden, die Natur bewundern oder seine Seele zu Gott erheben, und dann würde in der kürzesten Zeit alles wieder in Ordnung kommen.

Der Arme versteht in seiner Beschränktheit nicht einmal, was denn eigentlich in Ordnung kommen soll. Ob das Leben schön oder nicht schön ist, diese ästhetische Frage beschäftigt seine Phantasie so wenig wie das Problem, ob der Kavalier englisches Lavendel oder Kölnisch Wasser in sein Waschwasser schütten soll.

Unsere erste Aufgabe wäre also, dem Armen die Schönheiten des Lebens zum Bewußtsein zu bringen und ihm den Schlüssel zu jeglichem Genuß in die Hand zu geben: die Beziehung des Menschen zur Natur.

Schau, könnten wir dem Armen sagen, hier ist die Welt. Sieh dich um, dies alles gehört dir. Die Weite des Ozeans, der kalte Stahl, der erste gebrochene Strahl der Frühlingssonne mit allen seinen Farbschattierungen. Die grünen Matten, das frischgeackerte Feld mit dem Septembernebel. Des Waldes Domdämmerung mit Wild, Vögeln und dem betäubenden Duft des feuchten Laubes. Ein Weinberg, der sich mit Sonnenlicht satt getrunken hat und nun schweren, zuckersüßen Duft ausatmet. Schneebedeckte Gipfel, ein Bergsee, wild wachsende Blumen. Ein junges Mädchen in der Hängematte, unter ihr smaragdgrüner englischer Rasen. Staubige Straßen entlang geheimnisvollen Tannenwäldern. Goldumsäumte Bergsilhouetten. Nach Farnkraut duftende vergißmeinnichtvolle Kühle am Gebirgsbachufer. Du brauchst nur die Hände auszustrecken, alle diese Herrlichkeiten zu bemerken, anzuschauen, und schon ist die Welt dein. Siehst du es denn nicht? – Und der Arme, den wir so fragen, zuckt mit der Achsel und schweigt.

Fragen wir den Armen, was er von einer malerischen Gegend gesehen hat, die er mit einem Sack Gerstenschrot auf dem Buckel von Ort zu Ort inmitten duftender Wälder und blumiger Wiesen durchwandert hat. Die Antwort wird lauten: »Die Klee-Ernte wird heuer gut ausfallen«, oder »Schweine haben im Eichenwald geweidet.« Das ist alles, was er zu sagen hat, wenn wir ihn über die Schönheiten der Gegend, die er durchwanderte, befragen.

Und wenn er einen schönen Vogel sieht, fällt es ihm nicht ein, das Leben zu preisen – gleich wirklich edlen und vornehmen Armen wie zum Beispiel dem heiligen Franziskus von Assisi –, nein, er bewundert nicht die ergreifende Farbenpracht des Gefieders der Vögel, freut sich nicht, daß dieses zarte, zerbrechliche Leben im Sonnenschein frei umherflattert. Dagegen konzentriert er seine volle Aufmerksamkeit und seinen Willen auf das einzige Ziel: den Vogel ins Netz zu locken und zu verspeisen.

Durchwandert er eine fruchtbare Gegend, so versäumt er keine Gelegenheit, um eine Rübe aus dem Boden zu reißen, einige Kolben Mais abzubrechen oder Trauben zu schmausen. Die Natur erweckt in ihm ausschließlich kannibalische Gelüste. Am liebsten würde er seine Nahrung in der freien Natur suchen; dieser niedrige Trieb ist beinahe unvereinbar mit dem von der Natur gebotenen ästhetischen Genuß: Beim Anblick von schneebedeckten Berggipfeln denkt er, die Zeit sei gekommen, Reisig zu sammeln, statt durchdrungen vom erhabenen Schauspiel seine Seele zum Allmächtigen zu erheben. Die Landschaft sagt ihm wenig. Dieses übertrieben Materielle, die verdrießende, hartnäckige Betonung der praktischen Gesichtspunkte, welche im Verhältnis der Armen zur Natur immer wieder zum Ausdruck kommen, macht sie vollkommen ungeeignet zum Genuß des Schönen an sich.

Die überwiegende Mehrzahl der Armen kennt nicht einmal die grundlegende These der Ästhetik, die kategorisch und unmißverständlich vorschreibt, daß schön ist, was ohne persönliche Interessen als schön empfunden wird. Im Gegenteil. Ihr ästhetisches Empfinden wird am meisten von Dingen befriedigt, die ihnen vom persönlichen Nützlichkeitsstandpunkt aus gefallen. Der Arme kann sich beim Anblick von einem Kilo Rindfleisch begeistern; glotzt aber gleichgültig vor sich hin, wenn es um eine Landschaft auf Spitzbergen geht. Betrachtet er das Meer, so denkt er an das Trinkgeld, das er bei der nächsten Kahnfahrt von reichen Fremden erhalten wird. Und wenn der Großgrundbesitzer in der Nachbarschaft sein intensiv bewirtschaftetes paradiesisches Nutzgut betrachtet, so fällt ihm ganz bestimmt nichts Erhabenes ein.

Es ist eine bedauerliche Tatsache, daß der Arme sich an die Herrlichkeiten der Natur gewöhnt hat und ihren Reizen gegenüber abgestumpft und gleichgültig geworden ist. Er lebt inmitten dieser Pracht wie der Bühnenarbeiter zwischen fabelhaften Dekorationen, ohne daß sie ihm wirklich etwas bedeuteten. Wenn wir aber unter den Armen nach den Ursachen des vollkommenen Mangels an Aufnahmefähigkeit für die augenfälligsten Schönheiten der Natur forschen, gelangen wir, so unwahrscheinlich es auch klingen mag, zu der Feststellung, daß das Bestehen oder das Fehlen des ästhetischen Empfindens in erster Linie eine Geldfrage ist. Wir selber schrecken ein wenig vor dieser sonderbaren und gewagten Behauptung zurück, zu der uns jedoch die Erfahrung zwingt.

Vielleicht ist es so, weil der Arme sein Leben lang nur einen engbegrenzten Teil der Natur sieht – sagen wir, zwei Hügel, einen Bach, etwas Ackerland, einen Feldweg oder eine Akazienreihe am Horizont – und nie zu einem überwältigenden romantischen Anblick – wie der Stille Ozean, das Jungfraumassiv, eine englische Landschaft aus dem Fenster des Zuges, die Sahara vom Flugzeug aus gesehen – gelangt. Und sollte er dennoch hinkommen, so würde seine Aufnahmefähigkeit nicht mehr für den Stillen Ozean reichen. Ich hege den geheimen Verdacht, daß der Arme, was immer man ihm zeigt, stets an etwas ganz anderes denkt. Vielleicht denkt er immer an das gleiche. Sobald er aber zu Geld kommt, wächst sein ästhetisches Empfinden im Verhältnis zum erworbenen Vermögen. Solange er kein Geld besitzt, gibt er sich damit zufrieden, abends auf dem Donaukai zu sitzen, sich zu kratzen und gedankenlos vor sich hin zu starren. Kaum klimpern aber einige Münzen in seiner Tasche, schon wagt er einen Ausflug mit dem Schiff nach Visegrád, und sobald er in den Besitz eines namhafteren Betrags kommt, unternimmt er eine Reise in die Tiroler Berge und ruft aus: O wie schön!

Schon häufig hatte ich Gelegenheit, bei Armen derartige Metamorphosen zu beobachten. Im Verhältnis dazu, wie sein Geld abnimmt, schwindet auch die Anziehungskraft der Natur. Ähnlich gestalten sich die Beziehungen der Armen zur Kunst. In Paris kannte ich eine Anzahl Armer, die seit Jahrzehnten dort lebten und den Louvre noch nie betreten hatten. Ich behalte mir vor, auf die Analyse dieser eigentümlichen Erscheinung in einem späteren Kapitel zurückzukommen.

Es stellt sich nun die Frage, was wir im Interesse des

Armen tun könnten, um ihm die Schönheiten des Lebens zum Bewußtsein zu bringen und ihn für die erhabenen Szenerien der Natur empfänglich zu machen. Wie schon aus dem Obengesagten hervorgeht, wäre das einfachste, sicherste, zudem auch praktischste Mittel, ihm mit dem nötigen Geld den Auftrag zu geben, irgendwohin zu gehen und die Natur zu genießen. Um sich ungestört und interessenlos an der Natur zu ergötzen und sie richtig zu genießen, braucht man allerdings mehr Geld, als sich der Arme verschaffen kann. Der Mensch bildet sich nämlich ein, daß die Natur, die Berge und das Meer gratis dargebotene Sehenswürdigkeiten seien. Die Praxis lehrt dagegen, daß man zum wahren Genuß der Natur mehr Geld braucht als zu einem ästhetischen Genuß irgendwelcher anderen Art, und vielleicht könnte man sogar sagen, daß sich nur ein Rockefeller in aller Vollkommenheit und ohne jede materielle Voreingenommenheit der Bewunderung der Natur hingeben kann.

Bekanntlich sind es die Reichen, die, ohne Mühen und Qualen zu scheuen, in der ganzen Welt umherreisen, um Augenzeugen eines überwältigenden Naturschauspiels, eines Wasserfalls, Vulkans oder eines Urwalds zu werden, während die Armen meist zu Hause hocken oder vor dem Schlafengehen noch schnell ihr Kartoffelfeld besichtigen. Infolge Geldmangels erhält der Arme von der Natur, wie von allem anderen, nur eine abgestandene Kostprobe, kleine Ausschnitte, eine angenutzte Natur, schäbige Landstriche, im besten Fall sozusagen ein Muster ohne Wert. Die Armen stillen ihre Sehnsucht nach der Natur meist vor einem bunten prachtvollen Plakat oder dank der Güte einer Reiseagentur mit Rundschreiben, die sie auffordern, interessante Gegenden ihres Vaterlandes zu besuchen oder eiligst nach Les Avants bei Montreux zu reisen, um nicht zu spät zur Narzissenblüte zu kommen. Die Reklame hilft den Armen in besonders nachdrucksvoller Weise, die Sehnsucht nach den Schönheiten der Natur zu befriedigen. Viele Arme haben schon im Wartesaal dritter Klasse des Aszóder Bahnhofs in der Wartezeit auf den nächsten Zug beim Anblick eines farbenprächtigen Plakats in Gedanken eine ganze Seereise erlebt. Die große Natur, auch Welt genannt, kennt der Arme meist nur von Plakaten her.

Was tut also der Arme, wenn er sich nach der Natur sehnt? Er genießt ganz wenig, man könnte sagen, kaffeelöffelweise davon. Wenn sich der Schnellzug mit seinen Reisenden einer europäischen Großstadt nähert, so ist es kurz vor der Ankunft lohnend zu beobachten, wie der Arme mit den einfachsten Mitteln das Trugbild der Natur zwischen die Brandmauern einer Vorstadt zaubert. Nur Völker, die alt genug sind, um ihre hochentwickelte Kultur mit künstlerischer Maßhaltung zu genießen, naschen so vorsichtig von den Herrlichkeiten der Natur, wie es die Armen tun. Gleich den Chinesen und Japanern weiß auch der Arme, der zu einem der ältesten Völker der Erde gehört, daß wirklich schön immer nur das Wenige, das Auserwählte, das Dosierte ist.

Nur Künstler spüren mit einem so sicheren Instinkt wie die Armen, daß nicht die Menge, sondern das Maß Schönheit bedeutet. Wenn wir uns die Gärten der Armen in den Vororten anschauen, so fallen uns unwillkürlich die Miniaturgärten der Japaner ein, mit ihren handtellergroßen Kunstgärten, fingerhutkleinen Blumenbeeten, winzigen Dahlien und Zwergbäumchen, mit kiesbestreuten schmalen Wegen, Brücken und Pagödchen; dieser Zaubergarten gedeiht, die Bäume blühen, die Blumen duften und vergehen, und dieses verkrüppelte, aufs kleinste Maß reduzierte Naturfleckchen hält an einer geheimnisvollen Verwandtschaft mit den Urwäldern, den Jahreszeiten, der Witterung und mit dem Mondwechsel fest. Genau so wirken auf uns die Gärten der Armen im Umkreis der Großstadt, diese eigentümlichen Anlagen, wo sie auf einigen durch Zäune eingefriedeten Quadratmetern Boden – denn niemand achtet so inbrünstig das Recht des Privateigentums wie die Armen! – intensivste Gartenkultur treiben, fünfzig Zentimeter schmale Rasenstreifen pflegen, zwanzig Zentimeter breite und zwei Meter lange Wege mit Kies bestreuen und auf kleinster Fläche eine Fülle von Pflanzenarten mit überraschendem Abwechslungsreichtum ziehen. Das Rosarium der Armen zum Beispiel besteht aus einem Rosenstock, daneben reckt sich eine Sonnenblume, wie Dahlien, Nelken und Fuchsien auch nur in einem einzigen Exemplar zu sehen.

Tausende und Abertausende Miniaturgärten dieser Art reihen sich aneinander vor jeder Großstadt, diese unbegreiflichen symbolischen Kunstgärten der Armen, die sie nach vollbrachter Arbeit oder auch früh am Morgen aufsuchen, um den Rasen aus einem Trinkglas zu begießen, um an »der« Rose zu riechen, um den reifen Samenteller »der« Sonnenblume abzuschneiden, »den« Weinstock zu hacken und um sich schließlich auf das einzige Bänkchen zu setzen und wie die Mandarine weise und genießerisch dieses seltsame Stückchen Natur zu bewundern. Wie die abgeklärten, Reichtum und Armut mit derselben Gleichgültigkeit entgegennehmenden Völker weiß auch der Arme, daß man nur das Wenige richtig genießen kann; das Viele ist immer barbarisch, einfältig und ekelerregend. Und da er für den Genuß der freien Natur nicht genügend Geld besitzt, laubsägt er sich eine Miniaturnatur, in der er sich auf Zehenspitzen bewegt, auf dem Fleck wendet und die Schönheiten einer konzentrierten Flora genießt. So arm und so schlau ist er. Aber auch sonst, wenn der Arme seinen ästhetischen Sinn befriedigen will, genießt er das Schöne in kleinen Dosierungen.

Der Arme kann eine Platane lieben, die eisenumrahmt neben einer Trambahnhaltestelle steht, er vermag mit einem einzigen Blumentopf zu spielen, ja selbst mit einem Blatt. Sie sind richtige Lüstlinge, die durchtriebenen Lüstlinge des Auserlesenen. In ihren Zimmern und Fenstern pflegen sie ganz andere Blumenarten als die Reichen; so zum Beispiel verachten sie die Orchideen, schätzen im Winter die Rose und im Sommer die Chrysantheme gering. Sie halten sich selten einen Kakadu oder einen Harzer Roller, sondern lieber eine Lerche, einen Zeisig, kurzum einen proletarischen Vogel.

Dieses auserwählt Minutiöse charakterisiert auch ihren Wohnungskult. Sie sind leidenschaftliche Sammler, und gleich dem Reichen, der erlesenes französisches Porzellan, Werke der italienischen Goldschmiedekunst oder niederdeutsche Primitive sammelt, so sammelt auch der Arme patriotische und religiöse Drucke, Petroleumlampen von ausgefallener Form, Reklameaschenbecher aus Kaffeehäusern; und er achtet peinlich darauf, daß jedes Stück seiner Wohnungseinrichtung einer anderen Stilart angehört. Die »guten Stuben« der Armen, das heißt ihre Gesellschaftsräume, die sie nur bei großen Veranstaltungen nutzen – während sie selber sich lieber in ihren Privaträumlichkeiten, zum Beispiel in der Küche aufhalten, wo sie essen, manchmal sogar schlafen –, sind in den Augen von Sachverständigen die gleichen Aufbewahrungsplätze der Sammlerleidenschaft und des seltsamen Geschmacks wie die Empfangsräume der Reichen mit ihren Vitrinen.

Der Arme sammelt alles, was ihm in die Hände gerät; den Grammophontrichter aus dem Jahrhundertanfang stellt er auf, selbst wenn das Grammophon dazu fehlt, er verwahrt sorgfältig das leere Kompottglas, die Kerzenstummel, ein Stückchen Draht, eine seltene Raspel oder ein Unikum von einem alten steifen Hut; alle diese Gegenstände baut er in der »guten Stube« hübsch ausgerichtet oben auf dem Schrank oder auf der Truhe auf und wehrt bescheiden die Anerkennung seines Gastes ab, wenn dieser die besonders seltenen und feinen Gegenstände der Sammlung preist.

Eine gewisse Verinnerlichung charakterisiert ihre Wohnkultur. Die Kleinwohnung, die die modernen Architekten mit qualvoller Mühe verwirklicht haben und in der ein einziges Zimmer mit den entsprechenden Einbauten unter geiziger Ausnutzung eines jeden Millimeters Raum als Wohn-, Speise- und Schlafzimmer dient – diese Wohnungsfrage haben die Armen, dank ihrer alten Wohnkultur, bereits vor Jahrhunderten gelöst, und sie wenden die Einzimmereinteilung in der Praxis mit ausgezeichnetem Erfolg an. Den Raum besser ausnutzen, als die Armen es in ihren Wohnungen tun, kann man wirklich nicht mehr; ohne Einbauten, einfach durch einfallsreiche und praktische Einteilung gebrauchen sie das eine Zimmer gleichzeitig als Schlaf-, Wohn- und Eßzimmer, ja sogar als Werkstatt und als Kleintierstall. Eine tausendjährige Erfahrung hat sie gelehrt, auf welche Weise man ohne die teure Holz-, Kohlen- oder gar Zentralheizung, kurzum überhaupt ohne jede Heizung auskommen kann. Bei der Innenbeleuchtung richten sie sich ausschließlich nach praktischen Gesichtspunkten und ahmen ganz gern die Modetorheit der Reichen nach, bei Einladungen Kerzen auf dem Tisch zu brennen, wie es heutzutage in feinen Häusern üblich ist.

Dagegen müssen sie bei der Eigenart ihrer Wohnkultur einem einzigen Luxus entsagen – dem Luxus der Einsamkeit. Denn der Arme ist nur selten allein. Er lebt immer mit anderen Armen unter einem Dach, und je größer die Gemeinschaft, desto lieber ist es ihm. Die Armen sind von Natur aus begeistert gesellige Menschen. Oft laden sie in ihr einziges Zimmer, in dem schon sechs schlafen, noch einen Logiergast ein, und die Mahlzeiten verzehren sie am liebsten in großer Gesellschaft; eine innere Sucht scheint sie zu treiben, dauernd das Zusammensein mit anderen Armen zu suchen. Sie fürchten die Einsamkeit wie die Reichen den Tod. In Gemeinschaft ertragen sie es leichter – was eigentlich, das wissen sie selber nicht genau; die Armut, die Welt, das Leben. Darum schlafen so viele zusammen in einem Zimmer. Ihre Intimität ist überwältigend, jedoch von einem seltsamen Scham- und Keuschheitsgefühl durchdrungen.

Ein Schlafgänger erwähnte mir einmal in Berlin, daß er in einem Haus der Bülowstraße in einem von mehreren Menschen bewohnten Zimmer monatelang im selben Bett mit einem Stockfremden schlief, ohne daß sie sich miteinander bekannt gemacht hätten. Aus all dem ergibt sich, wie schwer es uns fällt, die Armen, ihre Beziehungen zum Schönen, zur Natur, untereinander und zu den Reichen zu verstehen. Am richtigsten wäre es wohl, in der Mehrzahl von ihnen zu sprechen, einzeln zählt der Arme mit seinem Gefühlsleben, seiner Gedankenwelt und seinen Empfindungen nicht, sondern nur in der Gemeinschaft, gewissermaßen im Pluralis. Sie behaupten, sich allein zu fürchten, in der Masse dagegen fühlen sie sich sofort gesünder, glücklicher und eher als menschliche Kreaturen.

4

Jeder begabte Arme lernt früher oder später, was Kinder, Frauen und große Künstler aus einer Art von Instinkt heraus wissen: daß man das Leben nicht ernst nehmen darf, da es ein Spiel ist. Nur diese drei Lebewesen empören sich nicht bei dieser Feststellung, während sie in den Ohren eines Richters, eines Militärs oder eines Nervenarztes geradezu unanständig klingt. Der begabte Arme wird mit dreißig Jahren unweigerlich als Gelegenheit zum Spiel erkennen, was man von Amts wegen und mit viel Feierlichkeit als Leben bezeichnet; diesen spielerischen Charakter bestätigt jeder große Künstler mit seinem Leben und seinem Werk ununterbrochen; aber auch die Frauen und Kinder bekennen sich zu dieser Anschauung. Sie wissen, daß dieses Spiel nicht immer heiter ist, aber auch, daß es sich nicht lohnt, seine traurigen Wendungen besonders ernst zu nehmen.

Der begabte Mensch spielt bis zu seinem Lebensende und erkennt, daß er über dem Spielen nichts Meritorisches versäumt. Er beginnt damit, daß er die unbewußt verzerrten Spiele der Erwachsenen nachäfft, besser gesagt aus der Tätigkeit der Erwachsenen das spielerische Element heraushebt und das, was die Erwachsenen als »Berufung« bezeichnen, bis zum äußersten verzerrt nachahmt. Noch verfeinerter als die Kinder gehen die Frauen vor, denn sie spielen unmittelbar mit den Erwachsenen. Für eine intelligente Frau gibt es keinen lächerlicheren und jämmerlicheren Anblick als einen Mann, der ihr über die Geheimnisse seiner »Berufung« einen Vortrag hält, die Herrlichkeit seiner »Sendung« schildert und prahlerisch die Schliche, Tücken und Gemeinheiten lobt, die er als »Talent« und »Fähigkeit« bezeichnet und die ihn im Kampf »um die Existenz« befähigen, »mit mehr Talent« als die Konkurrenz, in Wahrheit also niederträchtiger, gieriger und gewissenloser vorzugehen. Die Frau, die dem Mann scheinbar mit Interesse und Wohlwollen zuhört, empfindet in Wahrheit Bedauern und Verachtung für diesen traurigen Tropf, der fest glaubt, daß eine intelligente Frau den großen Durchschnitt der männlichen Berufe, wie die Philologie, die Kartographie, den Handel, die Statistik, die Buchhaltung, die Kassenverwaltung und noch eine ganze Anzahl anderer Beschäftigungen, auf die der Mann so unaussprechlich stolz ist, ernstlich zu schätzen vermag.

Obwohl die Frau die wahre, schöpferische Arbeit, zu der nur sehr wenige Männer fähig sind, anerkennt, fürchtet und meidet sie diese Männer wie der Teufel das Weihwasser. Sie weiß genau, daß es zur Bewältigung des täglichen Lebens nur eine Methode gibt: aus seinen wichtigtuerischen und sinnlosen Zeremonien unverzagt die Spielgelegenheiten herauszuschälen. Wie auch die primitiven Völker jede sich bietende Gelegenheit nutzen, um mit Tanz, Musik, Gelage und Liebe »Feste« zu feiern – mit anderen Worten, um die schmerzhafte Erkenntnis der Sinnlosigkeit des Daseins zu betäuben –, so spielen auch die begabten Schichten der zivilisierten Völker, die Frauen, Kinder und Künstler.

Auf einer geeigneten Stufe seiner Entwicklung angelangt, erkennt auch der begabte Arme, daß man das Leben nur ertragen kann, wenn man es als eine ununterbrochene, mit wundersamen Möglichkeiten untermischte traumartige Spielgelegenheit auffaßt. Durch eine hochentwickelte Spieltechnik kann er sich dann irgendwie über Wasser halten und bleibt dem Modell ähnlich, das Gott nach seinem eigenen Antlitz geschaffen hat; in Ermangelung dieser Fähigkeit verdummt, verblödet und verkommt der Mensch und unterscheidet sich zuletzt nur noch wenig vom Tier.

Ich war schon in meiner Jugend ziemlich spielbegabt, und wenn auch das Leben und meine manieartige Sucht, mit Reichen zu verkehren, auf die ich in der Einleitung dieses Buches hingewiesen habe, im Laufe der Jahre meinen Fähigkeiten viel Abbruch getan hat, erkannte ich glücklicherweise noch rechtzeitig, daß mein Leben ewig und unabänderlich im Zeichen der Armut verlaufen würde, und darum begann ich ziemlich früh zu spielen. Die rohen und einfältigen Spiele, mit deren Hilfe die Menschen versuchen, ihre Erbitterung über ihre mäßigen geistigen Fähigkeiten zu neutralisieren, wie Bridge, Sport, Spiritismus und Diabolo, vermied ich möglichst; dagegen suchte ich die Gesellschaft von Dichtern und Frauen, in deren Kreis ich mich schon seit geraumer Zeit stets wohlfühle.

Wie wir später sehen werden, kann man Kinder, Frauen und Dichter nicht als Arme betrachten; sie leben in einer Sphäre zwischen den Armen und Reichen und nehmen am Leben dieser zwei Stämme nie innig teil; sie lassen sich nur von den Reichen erhalten und veredeln die Armut durch die Poesie, die ihr Wesen ausstrahlt. Als ich erfuhr, daß ich zum Armen geboren war und ewig arm bleiben würde, überfiel mich das gleiche intensive Schmerzgefühl, wie es wohl der Gläubige bei der Nachricht seiner Exkommunikation empfindet; ich fühlte mich wie ein Pestkranker, mied die Menschen, als wäre ich ein Gezeichneter, und klagte meinen Schöpfer an.

Dem Umgang mit Dichtern und Frauen verdankte ich dann die Wiederherstellung meines seelischen Gleichgewichts, und sofort widmete ich mich mit quälender Neugierde dem Studium der Armut, gleich dem Schwerkranken, der sich nicht mit der Diagnose des untersuchenden Arztes zufrieden gibt, sondern auf der Suche nach ähnlichen Fällen Lexika und ärztliche Fachbücher durchstöbert, in seiner Verzweiflung Kurpfuscher und Magier aufsucht und sogar bereit ist, Wundermittel, was immer sie auch seien, zu schlucken und Zaubersprüche zu murmeln, alles nur, um sich Trost und Hoffnung einzuflößen. Bei dem Gedanken, vielleicht fünfzig bis sechzig Jahre in Armut leben zu müssen, brach kalter Schweiß auf meiner Stirn aus, und die Vorstellung, für ein ganzes Leben zur Armut verurteilt zu sein, nahm mir fast den Verstand.

In der Jugend trägt der Mensch die Armut viel schwerer als im reiferen Alter. Schon als Kind litt ich unter der Armut. Meine Eltern waren ausübende Arme, das heißt so viel, daß sie ein Dienstmädchen hielten und gelegentlich auch etwas überflüssiges Geld zur Verfügung hatten. Verführt vom Trugschluß, Geld zu besitzen, lebten wir ein eigentümliches Leben, empfingen Gäste, die außer von den Sorgen um das tägliche Brot auch über allerhand andere Dinge sprachen, bestiegen manchmal den Zug, lösten Fahrkarten zweiter Klasse und reisten zur Sommerfrische in zweitklassige Kurorte, wo wir in zweitklassigen Hotels guten Rufs wohnten. Schon die Reise allein verursachte mir Qualen; Kinder und Aristokraten vertragen das Reisen in der zweiten Klasse schlecht. Seit dieser Zeit reise ich mit Vorliebe dritter Klasse, und keine Verlockung irgendwelcher Art könnte mich dazu bewegen, in einem Abteil zweiter Klasse Platz zu nehmen.

In allem vertrage ich nur das Allerfeinste oder das Allereinfachste, mit einem Wort, das Wahre; anspruchsvoll zu sein gehört auch zu den Methoden der Armen und hilft ihnen, den Zustand der Armut leichter zu ertragen. Im zweitklassigen Hotel des zweitklassigen Kurortes stellte ich überrascht fest, daß es in der Nachbarschaft einen erstklassigen Kurort mit erstklassigen Hotels gab und, so schien es mir wenigstens, mit erstklassigen Parkanlagen, Sonnenschein, mit funkelnagelneuem Meer und auserlesenen Wolken am Himmel. Ich forderte verzweifelt von meinen Eltern, sofort umzusiedeln, weil drüben eine Musikkapelle spielte, die Gäste Eis aßen und alle Zeichen darauf deuteten, daß die Menschen dort glücklich waren. Aber die Eltern vermochten meinen Wunsch nicht zu erfüllen. Deshalb verreise ich auch heute nicht in die Sommerfrische, denn es wäre mir geradezu unerträglich, statt im schönsten Zimmer des besten Hotels im allerteuersten Kurort – irgendwo daneben zu wohnen; das beleidigte Gefühl meiner Jugend, die bittere Erinnerung der Verbannung aus dem Paradies würde mich überallhin verfolgen, wo es ein erst- und zweitklassiges Leben gibt und wo ich das letztere wählen müßte. Dann bleibe ich schon lieber in meiner eigenen, in ihrer Art und Weise erstklassigen Welt und fahre im Sommer mit einem Autobusfahrschein erster Klasse in ein Donaubad, verreise aber nicht zweiter Klasse nach Ostende in ein sogenanntes »Familienhotel«. Wie wir später sehen werden, ist es weder möglich noch lohnend, die Armut zu ertragen, ohne anspruchsvoll zu sein.

So litt ich unter dem Bewußtsein meiner Armut, bis Dichter und Frauen mich lehrten, daß man mit einer seltsamen Kunst und viel Übung den dumpfen, nie nachlassenden Schmerz, den die Armut verursacht, mildern kann. Und dank meiner schon früh entwickelten Begabung eignete ich mir verhältnismäßig schnell diese Methode an, die wir mit dem Fachwort »Kunst der Umdichtung« bezeichnen können. Dieses komplizierte, eine subtile und höchste geistige Kraftanstrengung fordernde Verfahren, durch welches das Leben der Armen ins Tragbare umgewandelt wird, betrachte ich als Grundpfeiler der Ars vivendi. Die Armen reden unter sich ganz offen über die Spielarten der Umdichtung, ungefähr so, wie die Bewohner einer Leprasiedlung über die Möglichkeiten der Anwendung eines neuen Heilverfahrens sprechen.

Es ist äußerst schwierig, bei der »Umdichtung« zu einer künstlerischen Vollkommenheit zu gelangen, wenn es aber einmal gelingt, dann trägt der Arme mit Leichtigkeit selbst die drückendsten Abschnitte seines Lebens. Die erste Regel der Theorie der »Umdichtung« lautet, daß man das Leben so sehen soll, wie es tatsächlich ist. Es wäre ein primitives Verfahren und vollkommen zwecklos, wenn der Arme versuchen wollte, sich die Welt anderswie vorzustellen, da man die Welt nicht umdichten kann, denn sie ist, mit Schopenhauer gesprochen, ein Phänomen des Willens und der Einbildung, jedoch auch das Phänomen des gewalttätigen Willens und der barbarischen Einbildung, zu denen kein

Armer fähig ist; darum vermögen sie die Welt auch nie zu ändern.

Der Arme muß sich also mit der Erkenntnis begnügen und sich darein fügen, daß die Welt genau dem Bild entspricht, welches er sich geschaffen hat, manchmal um einen Grad sanfter, mit einer weniger harten und grellen Schattierung, aber das sind bestimmt nur vorübergehende Symptome. Die Welt ist kein Zufall und keine Absicht, sondern Realität, genau wie die Armut, Parteien, Kriege, Krankheiten, Gefängnisse und Galgen real sind; sie ist so, weil es ihrer Natur entspricht und weil sie sich in diesem Zustand wohlfühlt. Diese Wirklichkeit erträglicher zu gestalten, oder besser gesagt, »umzudichten«, vermag nicht einmal ein Genie. Arme, die von einer anderen Welt träumen, sind ungeschickt, vollends hoffnungslos jene, die versuchen, der Welt im Traum eine andere Deutung zu geben. In der Jugend träumt der Mensch, besonders wenn er dazu noch arm ist, manchmal von einer Welt, die sich weiterentwickelt, in der die Armut ausstirbt, von der Morgendämmerung einer neuen und besseren Zeit und legt seine Wunschbilder durchaus in gebundener oder gehefteter Form schriftlich nieder.

Es ist die Phantasmagorie der Jugend, das krankhafte Spiel der Einbildung, welches auf dem Boden der Unerfahrenheit wuchert. Die Armut und die Jugend ähneln sich in manchem, beide sind erfüllt von träumerischen Elementen. Um so unerträglicher ist das Erwachen zur Wirklichkeit; über diesen tragischen Augenblick hilft nichts anderes hinweg als die rechtzeitig geübte und erlernte Umdichtung.

Der Arme kann die Welt nicht umdichten – ein hoffnungsloses und kindisches Unternehmen –, dann schon eher sein Verhältnis zur Welt, was auch keine leichte Aufgabe ist. Ein überaus begabter Armer, Herr H.B., mit dem ich über die Kunst der Umdichtung lange diskutierte, gab mir kund, daß er sich seit acht Jahren in einen vornehmen und gebildeten Perser umgedichtet habe, der in geschäftlichen Angelegenheiten nach Budapest gekommen war, wo ihn verschiedene Überraschungen erwarteten. Nachdem er sein Geld verloren und man ihm seinen Paß abgenommen hatte, war er nicht mehr in der Lage, mit seiner Familie in Verbindung zu treten. Nun sitzt er gezwungenermaßen eine Zeitlang in dieser Stadt, paßt sich scheinbar den Schwierigkeiten dieses eher komischen als tragisch zu nehmenden Übergangszustands an und wartet auf die Gelegenheit, durch einen nach Persien reisenden ungarischen Geschäftsmann Briefe an seine Familie zu schicken, wonach sich alles wieder zum Besten wenden würde.

Im Laufe von vertraulichen Gesprächen gestand er mir, auf welche Weise er eigentlich hierhergekommen war – sein ursprüngliches Reiseziel war Bonn, wo er einen größeren Posten Teheraner Haarfärbemittel verkaufen wollte. Eine Frauengeschichte verschlug ihn jedoch nach Budapest – in diesen acht Jahren hat er sich hier erstaunlich gut eingelebt, unsere Sprache erlernt, an unseren Speisen, unserer Lebensweise und allen charakteristischen und sympathischen Eigenschaften des ungarischen Lebens Gefallen gefunden, und er gestand, so grotesk es auch klingen mag, daß er nur ungern in seine Heimat zurückkehren möchte, so sehr hatte er Budapest, die Ungarn und die Fischerbastei liebgewonnen. Unter vier Augen gab er mir ganz vertraulich zu verstehen, daß ihn – obwohl er in den letzten zwei Jahren mehrfach die Möglichkeit gehabt habe, den Kontakt mit seiner persischen Verwandtschaft aufzunehmen – eine seltsame Trägheit, ein gewisser innerer Widerstand, vielleicht auch der Zauber seines neuen Lebens, jedesmal zurückgehalten habe, von der Gelegenheit Gebrauch zu machen.

Mit der Zeit hat er Freundschaften geschlossen, auch manches Schwere erlebt, das stört ihn aber keinen Augenblick, da es sich ja sowieso nur um einen Übergangszustand handelt. Nebenbei erfuhr ich noch, daß sein Vater ein schwerreicher Teheraner Rechtsanwalt ist, daß sein mütterlich ererbtes Vermögen, achtzehn Ballen Henna, noch heute unberührt im Lager des Familienhauses liegt, daß er erstklassig erzogen wurde, die persische Handelshochschule absolvierte und verlobt war mit Kafma, der Tochter des Inspektors der Straßen in der Wüste Gobi. Bei einer Gelegenheit zeigte er mir sogar das Bild des jungen Mädchens, die Photographie stellte ein blühendschönes siebzehnjähriges Mädchen mit stark östlichem Einschlag in europäischer Kleidung dar, aus deren Augen viel Güte, Feuer und edler Verstand leuchteten, nebenbei erinnerte sie mich auffallend an eine gemeinsame Budapester Bekannte.

Auf meine Frage hin, ob er denn nach acht Jahren dieses armselige Leben nicht satt habe, erwiderte er lachend, daß er sich sehr wohl fühle, daß ihm nichts fehle und daß er die Atmosphäre dieser fremden Welt genieße, die Menschen seien reizend zu ihm, ließen ihn sogar hie und da zu einem kleinen Verdienst kommen, und wenn er in seinem verwanzten möblierten Zimmer in der Dessewfy utca aufwache, reibe er sich oft die Augen, blicke verwundert um sich, um dann in helles Lachen auszubrechen, so amüsant finde er die Umgebung, in die ihn Laune und Abenteuer verpflanzt hätten. Nun, da er auch noch unsere Sprache erlernt habe, liebe er uns und sehne sich nicht mehr fort. Es sei sogar nicht unwahrscheinlich, daß er sich endgültig hier niederlassen werde; während der großen persischen Feiertage bleibe er zwar zu Hause, bewundere Kafmas Bild und bete, sonst denke er aber monatelang nicht an die verlassene Heimat Persien.

Er müsse gestehen, daß er hier in mancher Beziehung freier lebe als zu Hause im Familienkreis, wo man auf jeden seiner Schritte achte, wo er über seine Handlungen Rechenschaft ablegen und sich kritisieren lassen müsse; und wenn er auch zugunsten seiner Freiheit manche Bequemlichkeit des Lebens zu Hause aufgegeben habe, so betrachte er die vielen Erfahrungen, mit denen er sich in dieser fremden Welt bereichert habe, als unbezahlbar; die schrankenlose Freiheit, das Fehlen gesellschaftlicher Verpflichtungen jeder Art, die vagabundierende Lebensweise ohne jede Verantwortung und nach eigenem Gutdünken entspreche seinem Temperament viel mehr als das reiche, jedoch gebundene und mit Vorurteilen gesättigte primitive Leben in Teheran. Zugegeben, daß er manche Tage nichts zu essen habe und selbst einen schwarzen Kaffee nicht bezahlen könne; wenn er aber daran denke, daß ein einziges Kilo Henna aus der mütterlichen Erbschaft ihm auf mehrere Monate die Mittel verschaffen würde zu einem sorglosen, bequemen Leben, wie er es zu Hause gekannt und wie es ihm auch heute noch zuteil werden könne, dann vermöge er über diese nebensächlichen und kleinlichen Äußerlichkeiten seiner jetzigen Existenz nur zu lächeln.

So lebt er unter uns, zufrieden und glücklich, beobachtet unsere Einrichtungen und Gebräuche, etwas fremd, aber mit viel Sympathie, und nur selten, ganz selten, während der großen religiösen Festtage des Ostens, fühlt er ein leichtes kleines Heimweh nach Persien.

Ich skizziere dieses Beispiel in aller Ausführlichkeit, denn H. B.s Methode ist ein charakteristischer Fall der sogenannten »exotischen Umdichtung«, eine der beliebtesten Spielarten der Umdichtung, die sich besonders unter den älteren Armen einer großen Verbreitung erfreut. Diese Spielart der Umdichtung ist zweifellos bequem, obwohl in mancher Beziehung auch primitiv. Langdauernde Vorstudien, hemmungslose Phantasie und nicht zuletzt ein achtunggebietendes schauspielerisches Talent gehören dazu, damit die exotische Umdichtung in der Praxis anhaltend gelingt.

Es ist keine Kleinigkeit für einen aus der Provinz stammenden einfachen Mann, in Budapest ein Perser zu sein, ohne besonders aufzufallen. Dazu hat er manches zu erlernen, nicht zuletzt die persische Sprache und Literatur, denn die Umdichtung führt nur dann zu einem Ergebnis, wenn sie durch die Epidermis des Bewußtseins dringt und sich tief in unser Wesen verankert. Die wirklich großen sich umdichtenden Armen verwandeln sich während des Prozesses der Umdichtung in wundersamer Weise, ihr Gesichtsausdruck verändert sich, ihr Haar nimmt eine andere Beschaffenheit an, ihre ungarische Sprache einen fremdländischen Akzent; in ihren Taschen verbergen sie kabbalistische Amulette, das abergläubische Spielzeug ihrer Heimat, zum Beispiel Persien.

Um bei einem der hervorragenden Vertreter der »exotischen Umdichtung«, meinem Freund H. B. zu bleiben: Er stand zeitweise als Perser in so hohem Ansehen, daß man ihn sogar zu offiziellen Empfängen des persischen

Konsulats einlud, wo er sich im iranischen Dialekt mit altpersischer Deklination gebrochen mit dem Konsul und sonstigen persischen Anwesenden unterhielt, die natürlich kein einziges Wort dieser sonderbaren und vornehmen Sprache verstanden. Mein Freund erzählte Anekdoten aus der Blütezeit der Assassinen und Sassaniden und begrüßte den Konsul am Geburtstag des Schahs mit einer im mittelpersischen Idiom abgefaßten »Kasside«, einem Lobgedicht, und bat gleichzeitig um Geld.

Unlängst überraschte ich ihn im Kaffeehaus, umgeben von Lokalzeitungen, verklärt die »Gazette de Téhéran« lesend; er gab interessierte kleine Laute von sich, wenn er in den Lokalnachrichten über die Abendgesellschaft einer bekannten persischen Familie, eine Reise, ein Familienfest, über eine Verlobung oder Ernennung las; händereibend verkündete er, daß in Persien der Brotpreis gefallen sei, politisierte sogar, denn seine Sympathien neigten sich den Bestrebungen der liberal-demokratischen Partei zu. Er versuchte sich sogar mit der Übertragung des großen iranischen Gedichts »Schahnamé« ins Ungarische; die ausgezeichnete Übersetzung bot er dann verschiedenen Tageszeitungen an, allerdings mit wenig Erfolg.

Zu seiner Lieblingslektüre gehörten die Vierzeiler Omari Khayjams, die er in sich versunken in der Tram- und Untergrundbahn zu lesen pflegte, dann natürlich Firduzis großes romantisches Epos »Jussuf und Zuleika«, das er für ein Revuetheater in moderner Umdichtung als Libretto bearbeitete. Angeblich wurde es nur wegen des Fehlens einer geeigneten Darstellerin für die Rolle der Zuleika nicht aufgeführt.

Er kleidete und benahm sich wie ein Europäer und trug somit unserer Zivilisation und unserem Klima

Rechnung; im Grunde genommen blieb er jedoch seiner umgedichteten Persönlichkeit treu: Sein schläfriger östlich anmutender Blick, die eleganten, etwas trägen Gesten, seine Vorliebe für schwarzen Kaffee, für Honig und Feigen und die orientalische Gleichgültigkeit seiner Umgebung und seinen Lebensverhältnissen gegenüber verliehen ihm für den oberflächlichen Beobachter das Gepräge eines Fremden, eines Durchreisenden, der aus einer anderen Welt stammt und mit nachlässigem Interesse unter uns lebt, wohlwollend, aber doch mit einer gewissen Gleichgültigkeit, nichts kommt ihm nahe, was uns schmerzt, und unsere Freude bringt sein Blut nicht heftiger in Wallung, als wenn wir uns mangels anderer Beschäftigung künstlich am Exotischen berauschen wollten.

Ebenso verbreitet ist die schon feinere und gehobenere Stufe der Kunstart, die »romantische Umdichtung«. Wir verstehen unter den Liebhabern dieser Kunstart jene Armen, die sich durch bewußte und ununterbrochene Beschwörung einer Traumwelt betäuben und so den Realitäten des Lebens zu entrinnen suchen. Ihre Zimmer sind vollgestopft mit Photographien, Möbeln und allerlei Krimskrams aus einer Zeit, die mindestens fünfzig Jahre zurückliegt. Hartnäckig lehnen sie jeden Gebrauchsgegenstand, jede Unterhaltung und jedes Beförderungsmittel ab, die sie an die Gegenwart erinnern könnten. Es gibt unter ihnen Autobuskontrolleure oder Flugzeugmechaniker, die zu Hause in ihrem möblierten Zimmer die Pellkartoffeln aus der mit einem gehäkelten Deckchen verhüllten Schüssel herausholen oder sich abends im Familienkreis ans Spinett setzen, um Romanzen mit dem Text: »Éloignez-vous, Ernest, éloignez-vous!« zu singen.

Wer sich ins Romantische umdichtet, fühlt sich nicht so sehr von der direkten Armut betroffen, sondern eher von der zeitgenössischen Atmosphäre der Armut. Er meint, daß die Armut vor fünfzig oder hundert Jahren ein edlerer, angenehmerer und vornehmerer Zustand gewesen sei als heutzutage. Nach ihm ist die Armut des Bach-Regimes nicht gleichzustellen mit jener des Ford-Zeitalters, eine Ansicht, mit der er im politischen Sinne auch recht haben kann. Er verachtet also tief die gegenwärtige Armut und empfindet sie als demütigend. Halten wir ihm die Liste der modernen Errungenschaften vor, die allgemeinen Bequemlichkeiten des letzten Jahrhunderts, die Elektrizität, den Verkehr, das Wahlrecht, den Mieterschutz, die freie Arztwahl und alle Vorteile, die die Armen in einem zivilisierten Land genießen, dann winkt er voller Verachtung ab und beruft sich auf die Pferdebahn, Ludwig Kossuth und die Operettenprimadonna Klara Küry. In Wahrheit genießt und erkennt er nur das als menschlich und wahr an, was er an Erinnerungen, Gewohnheiten, Mode, gesellschaftlichem Leben weltanschaulich und in der Lebensform aus der Vergangenheit herüberzuretten vermochte. Die Armut betrachtet er als Folgeerscheinung der Zivilisation.

Vergebens erklären wir ihm, daß tausend Jahre vor Christi Geburt der Arme viel unbequemer und unsauberer arm war als heutzutage, vergebens trachten wir, ihm zu beweisen, daß es doch bequemer ist, mit der Untergrundbahn von einem Ende von Paris bis zum anderen zu fahren, als zur Zeit des Zweiten Kaiserreichs die gleiche Strecke zu Fuß zurückzulegen, vergebens trösten wir ihn mit der Feststellung, daß heute weniger Arme an Tuberkulose sterben als zur Zeit des Bach-Regimes und daß die Säuglingssterblichkeit in den Familien der Armen geringer ist als zur Zeit Alexanders des Großen.

Die Jünger der romantischen Umdichtung rufen sich Gerüche, Farben und Muster der Vergangenheit in die Erinnerung zurück, und als hätten sie den Untergang von Atlantis überlebt, bewegen sie sich zimperlich und mit wehleidigem Lächeln in dieser barbarischen Welt, die qualitativ und moralisch, kulturell und im Rechtsempfinden weit hinter jener Welt zurückgeblieben ist, die sie zuvor gekannt haben. Sie bereiten ihre Speisen nach alten Rezepten zu, sind verliebt, beleidigt und versöhnen sich nach der Art von vor dreißig Jahren, und selbst ihr Armsein ist antiquiert. Sie sind prüde und gleichzeitig hochmütig. Sie legen großen Wert aufs Titulieren, besonders wenn sie es auf der Rangleiter von oben nach unten tun können. Das Zufußgehen betrachten sie als eine Kulturaufgabe im Vergleich zum profanen Trambahnfahren, sie bespritzen ihre Armut mit Lavendelwasser und verhüllen sie mit gehäkelten Deckchen in der Meinung, sie sei dann hübscher. Wagt es jemand, gesprächsweise darauf hinzuweisen, daß Eckener den Nordpol überflogen oder daß Koch den Tuberkulosebazillus gefunden habe, dann winken sie verächtlich ab.

Wie bei der exotischen Umdichtung ist die Triebkraft dieser Methode die Ablehnung der Wirklichkeit und zugleich die Betrachtung der eigenen Lage von einem konstruierten Gesichtspunkt aus. Dem Armen mit bescheidenen Ansprüchen genügen diese beiden primitiven Abarten der Umdichtung; der anspruchsvolle und begabte Arme dagegen begnügt sich nicht mit diesem gekünstelten Prozeß und schafft sich zweckmäßigerweise eine Umdichtung, die der Wirklichkeit in jeder Hinsicht, mit allen ihren Situationen und Umständen, entspricht; er erfüllt und veredelt das Alltägliche und das Öde, ja selbst das Unerträgliche – so zum Beispiel das Abhängigkeitsgefühl vom Arbeitgeber, die Arbeitslosigkeit, den von der Stange gekauften Anzug, die Liebe ohne Geld und die politischen Leidenschaften – mit der Atmosphäre der Umdichtung.

Es handelt sich hier um einen mit einem Kunstwerk vergleichbaren komplizierten und hochwertigen geistigen Prozeß. Der Künstler arbeitet mit der gleichen Anspannung seiner Nerven, seiner Sinne und seiner intellektuellen Fähigkeiten wie der Arme, wenn er aus seinem Leben ein Meisterwerk schaffen will. Der Künstler bearbeitet das Rohmaterial, die Leinwand, die Farben, den Ton oder die Worte mit der gleichen Kraft, mit der der Arme aus dem klotzigen widerstrebenden Rohmaterial des Lebens das Individuelle, das Erhabene durch die Umdichtung herausmeißelt. Die Elemente, aus denen er sein Werk zusammensetzt, sind erbärmlich billig und grob. In Anbetracht der Schwerfälligkeit der Materie hätte er allen Grund zu verzweifeln, denn seine Lebensverhältnisse, wie die eines jeden kompromißlosen Künstlers, sind trostlos, und er kann kaum hoffen, daß sein unter schmerzhaften Wehen und strenger Selbstverleugnung vollbrachtes Werk je mit der Anerkennung seines Zeitalters gekrönt wird.

Und dennoch schafft er weiter, ohne jede Hoffnung auf Erfolg; wenn die Umdichtung gelingt, bleibt er, vielleicht noch in gesteigertem Maße, arm, genau wie sein Hausmeister, der nie etwas gegen die Armut unternommen hat, sondern sie einfach erduldete. Wie jedes Kunstwerk, so hat auch die umgedichtete Armut ein moralisches Ziel. Es genügt nicht, aus dem Leben der Armen ein ästhetisches Kunstwerk zu schnitzen, es soll mit Hilfe der Umdichtung auch einen moralischen Inhalt erhalten. Wenn wir uns zwischen nahen Bekannten, Verwandten und Freunden umsehen, stellen wir überrascht fest, wie wenigen Armen es gelungen ist, die wahre Umdichtung höchsten Grades durch bewußt geführte Experimente zu verwirklichen.

Der Verfasser dieser Zeilen kann ohne falsch angebrachte Bescheidenheit mit innerer Zufriedenheit feststellen, daß sein kompliziertes und mühseliges Lebenswerk von Erfolg gekrönt wurde: Ihm ist die Umdichtung gelungen. In den einführenden Zeilen dieses Kapitels erwähnte ich schon, welche Verzweiflung mich befiel, als ich erfuhr, daß ich als Armer geboren wurde. Ich empfand diesen Zustand geradezu als ein körperliches Leiden und scheute weder künstliche noch gewaltsame Heilmethoden, um die Qualen des Zustands der Armut zu lindern. Die schmerzliche Enttäuschung, die mich in meiner Jugend begleitete, verließ mich auch im Mannesalter nicht und beeinträchtigte es sehr. Ich schüttelte mich geradezu, wenn mir meine Armut einfiel, fuhr in der Nacht unter dem Alpdruck der Armut aus dem Schlaf auf und blickte meinen Körper wie etwas Fremdes an, wie Hiob es wohl auf dem Misthaufen getan hat.

Ich konnte mir nicht vorstellen, wo und wann ich Gott beleidigt hätte, warum er mich zum Armen schuf und weshalb er mich mit einer Strafe belegte. In meiner ersten Jugend zum Beispiel richtete ich an Gott von tiefer Religiosität durchdrungene erbarmungheischende Gedichte, gereimte wie auch Prosagedichte, in denen ich in heißer Inbrunst um seine Vergebung flehte. In zehn Seiten langen Gedichten bat ich Gott, denn an keinen anderen konnte ich mich wenden, rief ihn gleich den Scholastikern mit symbolischen Namen wie Rad und Zeichen an und bettelte untertänigst und flehentlich, mir ein wenig Geld zukommen zu lassen. Nie mehr in meinem ganzen Leben, selbst in viel geeigneteren Situationen und unter viel günstigeren Aussichten, habe ich mit so heißer Begierde und unter Aufbieten meiner ganzen Kunst um Geld gebetet wie in meinen sensiblen und verzweifelten Jugendjahren.

Damals wußte ich noch nicht, daß Geld am Zustand der Armut nichts zu ändern, höchstens nur zu lindern vermag. In meiner Unwissenheit und da meine Bitte auf taube Ohren stieß, griff ich nach gewaltsamen und albernen Mitteln; zum Beispiel spielte ich eine Zeitlang Hasard, bestimmt nicht die sicherste Methode des Gelderwerbs, aber unbedingt aufrichtiger und moralischer als die Mehrzahl der Mittel und Wege, durch die ich später und im allgemeinen in meinem Leben in der großen Welt Geld verdiente. Dann warf ich mich, wie von einer fixen Idee getrieben, mit besessener Wut auf die Arbeit und kam dabei zur sonderbaren Entdeckung, daß in der Praxis beinahe alles andere sicherer zum Gelderwerb führt als die um ihrer selbst willen geleistete Arbeit. Ich lernte weiter, daß man sich mit Arbeit den Lebensunterhalt verdienen und mit viel Fleiß, Begabung, Gesundheit und Arbeitskraft vielleicht auch noch etwas Geld beiseite legen kann, damit man auf seine alten Tage nicht verhungert. Dagegen wurde mir klar, daß man allein mit der Arbeit, der uneigennützigen, schweißtriefenden Arbeit, nie so viel Geld zu verdienen vermag, daß dieses ersparte Kapital quasi selbständig weiterarbeitet. Dabei ist dies die Vorbedingung, um zu einem Vermögen zu kommen. Ich brauchte Zeit, um es einzusehen.

Inzwischen wurde ich in der Armut fett, begann in der Armut kahl zu werden, gründete eine Familie, schrieb und las Bücher, um der Armut zu entgehen, und blieb unverändert arm.

Mit dreißig Jahren fühlte ich mich auf einmal reif zum großen Werk der Umdichtung. Erkenntnisse dieser Art kommen meist ganz plötzlich, ohne unser Zutun, wie im allgemeinen große Entdeckungen. Schon damals wußte ich genau, daß ich mein Leben lang arm bleiben würde. Ich betete viel in der mir eigenen Art, arbeitete viel, langweilte mich noch mehr und vertrieb mir meine Zeit mit allerlei oberflächlichen und billigen Zerstreuungen. Ich war mit einem Wort arm. Eine Zeitlang stellte ich auch Versuche mit der exotischen Umdichtung an, indem ich mich in einen französischen Poeten umdichtete. Ich reiste nach Frankreich, rauchte dort schlechte Zigaretten, wohnte in teuren und muffigen Hotelzimmern, saß lange Nachmittage auf einer Bank im Jardin du Luxembourg oder vor der Bartheke einer Kneipe, deren Boden mit Sägemehl bestreut war, vertilgte große Mengen konzentrierten Alkohols und dachte dabei in französischer Sprache über das Leben nach.

Wie jeder erkünstelte Zustand war mir auch dieser bald über. So arm wie in jener Zeit in Frankreich habe ich mich weder früher noch später je gefühlt. Ich fühlte mich geradezu verlaust und verkrüppelt, die Armut beeinflußte so sehr meinen Gemütszustand, daß ich reif gewesen wäre für den Hof der Bettler im XV. Jahrhundert, reif für die Gesellschaft eines Villon. Den Luxus, den ich später nie entbehrte und dessen Mangel mich auch nie schmerzlich berührte, begehrte ich in Paris, sozusagen wie einen mir abhanden gekommenen Körperteil; ein Luxusauto, eine Luxusbuchausgabe, ein Luxuskinderwagen im Bois entlockten mir Klageworte, die ich zeitweise auch zu Papier brachte, mit der unklaren Absicht, als Andenken an mein Elend ein Grand und ein Petit Testament zurückzulassen. So jammerte ich. Ich hatte allen Grund, mich als ausgestoßen aus der menschlichen Gesellschaft zu fühlen, denn ich war jung, talentiert, damals sogar auch ein Dichter, kurzum, ich war in Paris – aber ohne Geld.

Nachdem mir die exotische Umdichtung nicht gelungen war, versuchte ich es mit der »bukolischen« oder »stoischen Umdichtung«, zog mich aufs Land zurück, hörte dem Gebrüll der lieben Kühe zu, roch Blumen und Thymian, wanderte in der Dämmerung umher mit einem Band Horaz in der Hand, den ich nicht las, und murmelte nur kummervoll »beatus ille« usw. vor mich hin. In Wahrheit fühlte ich mich gar nicht *beatus*; die bukolische Umdichtung langweilte mich. In Paris litt ich, auf dem Land langweilte ich mich. Dank meiner philosophischen Bildung war ich mir über die geistesgeschichtlichen Zusammenhänge im klaren und wußte, daß der Stoizismus notwendigerweise die modifizierte Fortsetzung der Schule der Zyniker ist, eine zahme Ausgabe der Lehren des Gymnasiums von Kynosarges; so kam ich durch systematische Untersuchungen zu der Entdeckung, daß die stoische Umdichtung meiner geistigen Einstellung nicht entsprach und daß ich mein Glück mit der Methode der Zyniker, vornehmlich nach den weisen Lehren des Antisthenes, versuchen und trachten müsse, die Lebensweise aller jener vornehmen Zyniker nachzuahmen, die, wie schon die Benennung sagt, wie die Hunde lebten.

Dies konnte ich um so leichter tun, als ich nach meiner Rückkehr aus Paris tatsächlich so lebte wie ein Hund; ich bummelte tagsüber in den Straßen herum, und sowohl mein gesellschaftliches wie auch mein Liebesleben übertraf in keiner Weise das Niveau eines herrenlosen Straßenköters. Beim Studium der Zyniker lernte ich, daß die Tugend das höchste Gut sei; diese Erkenntnis tröstete mich sofort, denn ich hatte von Natur aus ein stark entwickeltes moralisches Empfinden, obwohl ich mich in meiner Jugend ursprünglich auf den geistlichen Beruf vorbereiten wollte und heute noch am liebsten Trauerreden wie der Theologe und Historiker Bossuet schreiben möchte, wobei ich genau wüßte, auf wen.

Das moralische Gefühl war, ich wiederhole es, schon seit jeher stark in mir entwickelt, und ich kann die Lehre der Zyniker als Ausgangspunkt bezeichnen zu dem meiner Ansicht nach einzig hochstehenden und vernünftigen Standpunkt, den gegenüber der Welt und dem Leben einzunehmen mir endlich gelungen ist. Dies ist eine wichtige Feststellung. Denn ich habe an dieser Stelle nachzuweisen, daß jedes Kunstwerk, so auch das Meisterwerk der Umdichtung, von seinem Schöpfer die Disziplinierung der Neigungen und die absolute Beherrschung seiner Leidenschaften fordert, um von einem künstlich ausgedachten Gesichtspunkt aus nach der Wahrheit zu streben.

Ich zum Beispiel wollte ursprünglich gern tugendhaft, reich und glücklich sein. Den Lehren der Zyniker verdanke ich die Erkenntnis, daß der Mensch entweder tugendhaft oder aber reich und glücklich sein kann, daß sich jedoch diese beiden Zustände so wenig miteinander vermengen lassen wie Öl mit Wasser. Nachdem ich diese grundlegende Doktrin der Zyniker, nämlich daß das höchste Gut die Tugend sei, durchdacht und mit der ganzen Inbrunst meiner jungen Seele in mich aufgenommen hatte, begann ich mit Eifer nach dem Sinn der Tugend zu suchen. Von größtem Nutzen war mir bei meinen Bemühungen die Feststellung des herrlichen Voltaire, der in seinem »Dictionnaire philosophique« die Tugend folgendermaßen definiert: »Qu'est-ce que la vertue? Bienfaisance envers le prochain.« Das ist wirklich sehr einfach. Wenn wir jedoch im Sinne Voltaires und der Zyniker die Tugend näher untersuchen, erkennen wir mit Überraschung und Genugtuung, daß wir unter dem Begriff Tugend nicht die unter »Tugenden« katalogisierten Entsagungen verstehen sollen, denn, wieder nach Voltaire, es ist überhaupt nicht notwendig zu entsagen, um tugendhaft zu sein; im Sinne der Lehren meines Meisters ist jeder Mensch tugendhaft, solange er mit seinen Handlungen weder seinen Mitmenschen noch der Gemeinschaft Schaden zufügt. Das Bewußtsein, alles tun zu können, solange man die Interessen seiner Mitmenschen nicht verletzt, ist ein schöner Trost und verleiht uns das erhabene Gefühl der Freiheit. Mit dieser Feststellung befreiender Kraft weist Voltaire den Menschen sozusagen in das Paradies zurück und verleiht ihm die individuelle Handlungsfreiheit, also eine gewisse Form des Glücks, und gibt ihm dazu eine vernunftmäßige und edle Abart zur praktischen Anwendung der Tugend in die Hände.

Im Besitz dieser bescheidenen Erkenntnisse begann ich, zuerst mehr intuitiv, mit der Zeit immer bewußter, mit der schweren Arbeit der Umdichtung. Als erstes sagte ich mir: Hier lebe ich auf dieser Erde und fühle mich unglücklich, weil ich arm bin. Das ist eine göttliche Fügung und zugleich der natürliche Zustand des Durchschnittsmenschen auf dieser Erde. Dabei ist die Armut zweifelsohne unerträglich, und zwar von verschiedenen Gesichtspunkten aus unerträglich. Erstens weil sie langweilig ist, zweitens weil es sich um einen unmoralischen Zustand handelt. Nur das Glück ist moralisch und ähnelt bis zu einem gewissen Grade der Tugend; das Glück jedoch kann ich im Rahmen irgendeiner Gesellschaft nie erreichen, denn innerhalb einer Gesellschaft zu leben, das heißt, stets auch gegen einen oder mehrere zu leben, und je vollkommener und restloser die Befriedigung des Individuums sich gestaltet, um so mehr Schaden verursacht der sich Befriedigende seinen Mitmenschen. Sich innerhalb der Gesellschaft zu befriedigen, wo das Gesetz des Angebots und der Nachfrage den Wert der Dinge bemißt, ohne dabei seinen Mitmenschen zu schaden, vermag man nur mit Hilfe von Geld; diese Methode der Entschädigung habe ich dann auch meinen Fähigkeiten entsprechend reichlich angewandt. Mein Geld reichte aber nicht aus, um meine Wünsche nach Glück restlos zu befriedigen, und deshalb war ich, um tugendhaft zu bleiben, gezwungen, eines Tages der Welt der Freuden den Rücken zu kehren. So handelten auch die Zyniker.

Voltaire handelte nicht so, er hatte es aber leichter, denn als fünfter Sohn eines Notars im Châtelet besaß er von Haus aus Geld, und nebenbei verstand er sich ausgezeichnet auf allerhand vorteilhafte Wuchergeschäfte.

Nun war ich, dem Beispiel der Zyniker folgend, gezwungen, die Welt nach meinem eigenen Bild zu formen, kein schönes Bild, aber wenigstens mir schon vertraut. Die Zyniker schlossen aus dem Begriff der Tugend die Wollust, das Vermögen, die Vorteile des Gesellschaftslebens, ja sogar die Schönheit aus; letzteres tat mir vielleicht am meisten weh, denn es ist fast unerträglich schwer, der Schönheit zu entsagen. Da ich aber arm war, blieb mir nichts anderes übrig. Mit dieser Methode gelang es mir, mich von der Welt abzuschließen, andererseits alles nicht zum höchsten Gut, also im engsten Sinne des Wortes zur Tugend Gehörige, aus meiner eigenen Welt auszuschließen.

Zu jener Zeit war ich schon über dreißig. Ich ging, nachträglich sei es eingestanden, so vorsichtig vor, daß zunächst niemand, nicht einmal meine nächste Umgebung, etwas bemerkte. Man hielt mich höchstens für »etwas nervös«, und später glaubte man, ich sei ein »Sonderling« geworden. Bei meinem Rückzug aus der Gesellschaft – und sobald meine Umdichtung beendet war – nahm ich herzlich wenig mit, alles in allem eine Zahnbürste, die allernotwendigsten Bekleidungsstücke, eine Schreibfeder und einige Bogen Papier. Mit diesem minimalen Besitz verließ ich die Gesellschaft. An Geld nahm ich kaum etwas mit. Ich ließ alles zurück, was in der Gesellschaft als wertvoll galt und dessen Beschaffung den Ehrgeiz der Menschen anzuspornen pflegt, und zwar goldene Uhr, Picknickkoffer, silberne Leuchter, die Aussicht, je Parlamentsmitglied, Akademiker oder Mitglied des Aufsichtsrates eines industriellen Unternehmens werden zu können, die Möglichkeit des Besitzes einer Villa mit Obstgarten in einem Vorort, weiter auch die Anerkennung, den Beifall und die Auszeichnungen meiner Mitmenschen.

All dies ließ ich mit so leichtem Herzen zurück, wie die Juden bei ihrer Flucht aus Ägypten ihre Töpfe und Haushaltsgegenstände zurückließen, für die sie, nebenbei gesagt, in der Wüste auch keine Verwendung gehabt hätten. Zieht ein Mensch nach dem gelobten Land, so ist es am richtigsten, wenn er in seiner Reisetasche nur Zahnbürste, Pyjama, Kölnisch Wasser und einige gute Bücher mitnimmt; wer sich eine neue Heimat sucht, sollte auf seinem Eroberungszug aus der alten Heimat weder Aktien, Liebesbriefe, Rang und Titel noch überflüssige Einrichtungsgegenstände mitschleppen.

Eines Tages kam ich zu der Schlußfolgerung, daß diese Welt, für manche vielleicht die wunderbarste aller Welten, mir nichts bedeutete, und ich beschränkte den Verkehr mit ihr auf das Allernotwendigste. Ich begann damit, daß ich Telephonanrufe nicht beantwortete, und fuhr fort mit der Absage sämtlicher Einladungen zum Abendessen bei armen Familien der Gesellschaft, wo das Vorzimmer Halle genannt wird und ein ausgeliehener Diener nach dem Essen in Verlegenheit gerät, weil er nicht weiß und auch nicht wissen kann, wo der Hausherr die Zigarren und die Schnäpse aufhebt und nicht zu fragen wagt, was mich, solange ich in der Gesellschaft, besonders in Budapest verkehrte, immer sehr peinlich berührte.

Dann geschah es, daß man mich an auffallender Stelle einer stark verbreiteten Tageszeitung als nicht ernst zu nehmend bezeichnete. Dies half mir viel, besonders in politischer Beziehung, da alle jene Parteien und Vereine, die mich bisher mit ihren ebenso ehrenden wie überflüssigen und sinnlosen Bemühungen zeitweise davon zu überzeugen trachteten, daß ich mein Glück ausschließlich in der von ihnen geplanten Gesellschaftsform finden würde, mich nun mit Verachtung straften und endgültig in Frieden ließen; eine durchaus verständliche Reaktion, denn in der Politik kann man nur ernste Menschen brauchen.

Ich entsagte den Reisen, den Reisen im primitiven Sinne des Wortes, wie ich sie früher unternahm, wechselte zu den wirklich Armen hinüber und zu den für die sich Umdichtenden würdigen Reisegelegenheiten, wovon wir in einem späteren Kapitel noch sprechen werden. Dann pumpte ich meine Freunde an, die meine Bitten jedoch abschlugen, so daß ich in Zukunft nicht mehr mit ihnen zu verkehren brauchte und auch nicht mehr gezwungen war, ihre ermüdenden Vorträge über berufliche Sorgen, über ihre albernen und sich immer wiederholenden Liebesgeschichten, über die Gestaltung der weltpolitischen Lage mit besonderer Berücksichtigung der Staaten des Donaubeckens anzuhören.

Dann schickte ich mich an, außerhalb der Gesellschaft zu leben. Es ging leichter, als ich es mir zuerst vorgestellt hatte. In kürzester Zeit verbreitete sich das Gerücht, ich sei nicht mehr richtig im Kopf, denn Menschen, die nur innerhalb der Gesellschaft leben können, betrachten jeden als geisteskrank, der nicht teilnimmt an ihren Zerstreuungen, Festen und ihren mit erhabenen Ideen erfüllten Unternehmungen, zum Beispiel der Denkmalsenthüllung eines längst Verstorbenen, den keiner unter uns mehr kennt, oder der Gründung eines Kulturvereins, dessen Mitglieder von Zeit zu Zeit gezwungen sind, unverständliche und langweilige Theorien anzuhören.

Kaum hatte ich der Gesellschaft den Rücken gewandt, machte ich sehr bald die Entdeckung, daß mir dank der Umdichtung das zum weltlichen Glück vornehmste und unentbehrlichste Instrument, nämlich die Zeit, in unbeschränkter Menge zur Verfügung stand. Auf einmal hatte ich für alles Zeit. Nachträglich, wenn ich es überdachte, war mir mein vorheriges aufregendes, ermüdendes und verworrenes Leben innerhalb der Gesellschaft geradezu unbegreiflich; ich stand früh auf, rannte von morgens bis abends umher, telephonierte, diktierte Briefe, las und nahm häufig ein Taxi, um ja nichts zu versäumen. Was? Ich könnte es nicht sagen.

Rückblickend auf meine in der Gesellschaft verbrachten Jahre kann ich nur bestürzt feststellen, daß die große Eile, das fieberhafte Umherrasen zwischen zwei Menschen, zwei Terminen, zwei Frauen, zwei Geldbeträgen, zwei Aufgaben mir im Endergebnis weder materielle noch geistige Güter eingebracht hat; denn ich bin heute so arm wie vor zehn Jahren, und was ich mit diesem lächerlichen Rummel verdient habe, das fiel mir immer nur zufällig in den Schoß, meist bei Gelegenheiten, wo ich nicht einmal den kleinen Finger zu bewegen brauchte, um es einzustecken. Zeitweise zum Beispiel wagte ich, aus Sorge, etwas zu versäumen, kaum mehr zu schlafen. Dann kaufte ich eine Weckuhr, um ja rechtzeitig aufzuwachen und nichts zu verpassen, und trug aus dem gleichen Grund eine Taschen- wie auch eine Armbanduhr.

Bei meinem Rückzug aus der Gesellschaft erschien mir das vorher Notwendige als überflüssig, und ich verkaufte sämtliche Uhren. Jetzt besitze ich überhaupt keine Uhr mehr, und ich habe noch keine vermißt. Die in ihrer heutigen Form bekannte Uhr erfand ein dänischer genialer Kerl namens Jürgensen, damit zwei Menschen sich zur verabredeten Zeit pünktlich treffen können. Da ich nur sehr wenige Menschen treffen will und unter keinen Umständen solche, die Wert darauf legen, mich auch pünktlich zur verabredeten Zeit zu treffen, erkannte ich plötzlich den stupiden Mißbrauch, den die Menschen mit der Zeit treiben. Plötzlich verfügte ich über genügend Zeit und brauchte keine Uhr mehr.

Ich nahm zur Kenntnis, daß die Sonne zu einer gewissen Zeit aufgeht und ebenso wieder untergeht, daß es manchmal hell und manchmal dunkel ist, und bemühte mich, die Unannehmlichkeiten und Annehmlichkeiten dieser beiden Tatsachen zu genießen. Allmählich erschien mir jeder, der die Zeit mit der Uhr mißt und die Unendlichkeit nach Minuten und Sekunden bewertet, so grotesk wie ein Spaziergänger, der mit komplizierten Instrumenten ununterbrochen den Druck der Luft, die er einatmet, mißt oder die Windstärke und Windgeschwindigkeit prüft, die sich ihm entgegenstemmt, oder aber mit dem Kompaß in der Hand dauernd festzustellen versucht, ob er sich auf der Straße nach Nordwesten oder Südosten bewegt. Es gibt zweifelsohne Menschen, die all dies interessiert. Mich nicht.

Zeit – du Gottesgabe! Lange genug hat es gedauert, bis ich deine wahre Natur erkannte! Nur der Arme, nur der richtige und begabte Arme weiß etwas von der Zeit. Ich raste, damit mir die Zeit »reichte«, und bemerkte zwischendurch nicht, daß eine »unzureichende« Zeit kaum etwas zu bieten vermag und darum uninteressant ist. Ich wußte noch nicht, daß nur die Zeit die Dinge ins richtige Licht zu rücken vermag und daß nur im Element der Zeit der Sinn unseres Handelns, der Sinn und Zusammenhang des Lebens sichtbar und erkennbar in Erscheinung tritt. Die kleinsten Ereignisse meines täglichen Lebens erschienen mir bedeutsam, interessant oder genußreich, sobald ich Zeit für sie erübrigen konnte. Ein interessantes Buch schnell durchzufliegen ist kein so großer Genuß, wie langsam und sich Zeit lassend die Seiten eines gehefteten Bandes aufzuschneiden. Ich raste, um mich zu einem Rendezvous nicht zu verspäten, und merkte nicht, daß ein Rendezvous, zu dem man zu spät kommen kann, nicht wert ist, die Wohnung überhaupt zu verlassen. Ich speiste mit Windeseile, um anderswo den schwarzen Kaffee trinken zu können! – noch nachträglich steigt mir bei dem Gedanken an meine peinlichen Fehltritte die Schamröte ins Gesicht. Ich schrieb nicht, wenn ich Lust dazu hatte, sondern wenn »die Zeit es mir erlaubte«, ich speiste und zerstreute mich nicht dann, schlief nicht so viel und so lang, wann und wie mein Organismus oder mein Spleen es erforderte, sondern je nachdem ich meine Wünsche und Absichten zwischen zwei zeitliche Schranken zwängen konnte. Ich wußte nicht, welche Wonne es ist, irgend etwas »Zeit zu widmen« – ja, im wahrsten Sinne des Wortes widmen, dem Händewaschen, dem menschlichen Gesicht, der Bewegung eines Tieres Zeit zu opfern (bewundern wir die Subtilität der Sprache) –, einer Zigarette, einem Getränk, dem Geschmack eines Bissens, kurzum, in der Zeit zu leben. Nur der Arme weiß dies ganz genau.

Der Reichtum ist eine ununterbrochene Beschäftigung, irgendwie gleich einem vornehmen Amt; der Reiche verteidigt dauernd etwas, der Arme verschwendet unentwegt. Er verschwendet die Zeit und versäumt schrecklich wenig. Die Zeit löst, gleich einer stark wirkenden chemischen Substanz, die Welt in Partikelchen auf und bringt ihre zuvor nicht erkannten Eigenschaften zutage. Die erste Bedingung einer jeden Umdichtung ist die unbeschränkte Zeit. Wer sich eilt, gehört zurück in die Gesellschaft. Wer uns begleiten will, der hat Muße, wer sich den Ritus der Armut aneignen will, zahlt sein Schulgeld mit der Valuta der Zeit.

Außerhalb der Gesellschaft und im Besitz der rückeroberten Zeit begannen meine abgestumpften Sinne sich wieder zu beleben, langsam begann ich zu genesen und bekam wieder menschliche Farbe, es kam sogar vor, daß ich, wenn auch zögernd und gebrochen, einige zusammenhängende Sätze sprach. Innerhalb der Gesellschaft nämlich durfte ich bekanntlich nur von zweckmäßigen Dingen sprechen. Ich wurde mir meines Lebens bewußt, hatte Zeit, um meine Stellung in der Welt zu erkennen und die Aufgaben, zu denen ich berufen war, in einem System zusammenzufassen. Damals begriff ich, daß mein Lebensziel keinesfalls eine »Karriere«, keinesfalls die Gesamtheit der variierten Niederträchtigkeiten und der Geschäftigkeit ist, die man im allgemeinen als Laufbahn bezeichnet, sondern einfach: mit geringsten Reibungen gewonnene, möglichst verinnerlichte Kenntnis der Welt.

Um dies zu erreichen, mußte ich ein wenig beiseite stehen, mich von allem distanzieren, was im Leben Erfolg bedeutet. Es schien mir, als wäre der Erfolg der Lohn dümmster und niedrigster Handlungen, während die wirklich Weisen sich so wenig um den Erfolg kümmern wie um einen Hosenknopf. Die Freude eines intellektuellen Menschen über die kritiklosen Lobpreisungen eines ästhetischen Dilettanten ist mir unverständlich. Mit diesen Erkenntnissen, und nunmehr im Besitz meiner unbeschränkten Zeit, verließ ich die Gesellschaft und widmete mein Leben nach dem Beispiel der Zyniker, mit zeitgemäßen Abänderungen, der heiteren und vornehmen Umdichtung.

Wie sieht eigentlich die ideale Umdichtung aus? Am ehesten kann ich es begreiflich machen, wenn ich den Verlauf eines Tages aus meinem Leben erzähle. Wunder erwarte der Leser nicht; ich trachte, das einfachste Beispiel zu wählen, denn des Lebens große, radikale Lösungen muten immer als sehr einfach an, und das Wunder äußert sich vielleicht nur darin, daß man die Lösung des Lebensrätsels mit Worten nicht ausdrücken darf, daß es verboten ist, den letzten Sinn auszusprechen – wie bei den Juden den Namen Gottes. Vor allem richtete ich mein Leben so ein, daß ich über jede Stunde des Tages und der Nacht unbeschränkt und frei verfügen konnte. Der Leser rufe mir nicht zu: »Dann ist es freilich sehr leicht!« Das Geheimnis liegt darin, daß es ohne Geld nicht leicht sein kann, denn ich habe ja meine schrankenlose Freiheit nicht durch eine materielle Unabhängigkeit erworben. Ich könnte, wenn ich wollte, notgedrungen eine Beschäftigung wählen, um zu Geld zu kommen, oder zehn Stunden lang täglich in einem Büro, in einer Fabrik oder in einem Geschäftslokal vermodern, und ich könnte mich ohne besondere Schwierigkeiten in einer dieser öden Gefängniszellen der Zivilisation auf ewig vergraben. Da ich weder Geld noch Vermögen irgendwelcher Art besitze, hätte ich Grund genug, eine dieser abhängigen Stellungen anzunehmen, die die Menschen in ewige Sklaverei zwingen.

Des Rätsels Lösung ist, daß ich mich der Sklaverei nie unterwarf und selbst den Gedanken, jemandem zu gestatten, über meine Zeit zu verfügen, stets weit von mir wies. Ich betrachtete mich immer als einen freien und unabhängigen Menschen und ging jedem aus dem Weg, der sich weigerte, meine Unabhängigkeit anzuerkennen, oder der meine Freiheit einzuschränken versuchte. Ich gab jedem Menschen, mit dem ich geschäftliche, freundschaftliche oder amouröse Beziehungen anknüpfte, zu verstehen, daß ich nie und für keinen Preis mehr Zeit in seiner Gesellschaft zu verbringen gewillt sei, als mit meiner Auffassung von der Freiheit des Lebens und meinen persönlichen Neigungen zu vereinen ist.

Es ist mir durchaus verständlich, wenn ein Reicher für seinen Reichtum Opfer bringt, der Freiheit entsagt, Einladungen annimmt, telephoniert und Stunden in der Gesellschaft von langweiligen Menschen verbringt oder bis Mitternacht in seiner Bank, über den Schreibtisch gebeugt, arbeitet – denn all dies hat keinen Zweck. Wenn jedoch der Arme nicht einmal frei ist, was für einen Zweck hat dann seine Armut? Entweder ist der Mensch arm oder nicht. Zugegeben – auch zur Armut braucht man Glück.

Das Aufwachen und entsprechend das Aufstehen überlasse ich meinem Nervensystem und nicht der Weckuhr, die, so fein sie auch konstruiert sein mag, nicht ahnen kann, wann ich Lust habe, aufzuwachen. Gleich nach dem Erwachen, und sei es auch nachmittags um vier, sage ich ein kurzes Morgengebet: In diesem locker abgefaßten Gebet erkläre ich sinngemäß meine Lage in der Welt und stelle fest, daß ich ein alleinstehender armer Sterblicher bin und vor allem frei, denn ich bin an niemanden gefühlsmäßig gebunden, weder durch Haß noch durch Liebe. Dann versuche ich, mich meiner Träume zu erinnern, denn die Träume verweisen uns auf Wege, wo sich aus der amorphen Masse der Wirklichkeit seltsame Freuden und Überraschungen entfalten: ein Mensch, den man suchen soll, der Sinn eines vergessenen Wortes, die wahre Folge einer Handlung; und dies macht mir Spaß.

Mit Freude denke ich daran, daß ich geschlafen habe, und zwar genau so viel, wie es mir zukam, denn der Schlaf ist der reinste, der edelste Zustand, der dem Menschen zuteil werden kann. Die vornehmsten Autoren stimmen in dieser Ansicht überein. Der Österreicher Peter Altenberg zum Beispiel, einer der gelehrtesten Schläfer und Armen, bezeichnet jedes willkürliche Aufwecken als ein Attentat auf das Nervensystem.

Und jetzt fange ich an, langsam und angenehm zu leben. Zuerst stelle ich fest, wieviel Geld ich besitze, und wenn keins da ist, was häufig vorkommt, überlege ich mir, ob ich an diesem Tage Lust habe, Geld zu verdienen. Meistens habe ich keine Lust dazu. In diesem Fall beschließe ich, mein Zimmer den ganzen Tag nicht zu verlassen oder zumindest Orte und Gelegenheiten zu meiden, wo ich unausweichlich Geld ausgeben müßte. Dies ist bei einer gewissen Übung leichter, als man es sich gewöhnlich vorstellt; manchmal vergehen Tage, ohne daß ich mehr ausgebe, als ich zur Befriedigung von Bettlern und staatlichen Geldeintreibern unbedingt benötige. Ein anderes Mal beschließe ich, Geld zu verdienen, selbstverständlich nur so viel, wie ich unbedingt brauche, denn zu viel Geld bringt Sorgen und weckt dunkle Triebe.

Dem Geldverdienen trachte ich eine leichte, elegante und unauffällige Note zu verleihen; hierzu gehört ein besonderes Talent, doch möchte ich mich an dieser Stelle nicht ausführlicher darüber auslassen. Am liebsten verdiene ich mein Geld in einer Art, die es dem Geldgeber leicht macht, sich von seinem Geld zu trennen, und bemühe mich, ihm eine anständige Gegenleistung zu bieten. Ich nehme im allgemeinen nur Geld an, das mir in Begleitung von freundlichen Worten und unter Wahrung höflicher und verbindlicher Formen überreicht wird, so daß nachträglich die Transaktion für alle Beteiligten als ein gegenseitiges Beschenken erscheint. Dies gehört zu meinen wenigen Prinzipien, an die ich mich in den verschiedensten Lebenslagen strengstens halte. Mit unhöflichen Worten oder unter demütigenden Bedingungen, ja sogar mit herzloser Gleichgültigkeit gegebenes Geld lehne ich prinzipiell ab und bereue es nie.

Ich empfehle dem Armen sehr die Befolgung meines Rates, daß man Geld nur annehmen darf und soll, welches, wenn schon nicht von Herzen, so doch wenigstens unter Wahrung gewisser Höflichkeitsformen gegeben wird; denn auf grob oder unwillig hingeworfenem Geld ruht kein Segen. Ich wenigstens war für eine andere Art nie empfänglich. Soviel vom Geld.

Ich vollbringe, so habe ich es mir ausgedacht, nach dem Beispiel der Pfadfinder täglich eine kleine gute Tat, lasse ihr aber, um das moralische Gleichgewicht nicht zu gefährden, sofort eine kleine Missetat folgen. Dies tue ich aus der Überlegung heraus, daß ein Mensch, der ununterbrochen und bewußt nur Gutes tut, ein Monstrum wäre; übrigens neige ich hierzu, wie gesunde Menschen im allgemeinen, nur wenig. Die feinen und überlegten, harmlosen und symbolischen Missetaten erfüllen mich mit der gleichen Freude wie die erzwungenen, immer ein wenig sentimentalen Wohltaten.

Meinen Tag verbringe ich mit der meiner Meinung nach einzig menschenwürdigen Beschäftigung: der Erforschung der Wahrheit, die mich nebenbei auch ausgezeichnet unterhält. Ich suche die Wahrheit in allen Erscheinungen, in den Beziehungen zu meiner Umgebung, in jedem Wort, ja sogar in den Beziehungen der seelenlosen Gegenstände und den Naturerscheinungen zueinander und in ihrem Verhältnis zum Menschen. Diese Arbeit nimmt mich vollkommen in Anspruch und spornt mich zu gesteigerten sinnlichen Wahrnehmungen an. Seit ich der Gesellschaft den Rücken gewandt habe, vermittelt mir übrigens die Welt ununterbrochen sinnliche Freuden. Eine interessante Erfindung, sei sie auch industrieller Natur, erfüllt mich fast mit der gleichen sinnlichen Freude wie die regennasse Fläche einer betonierten Straße oder eine schöne Frau.

Seit ich für die Wahrheit leben kann und die Erscheinungen auf ihren ureigensten Sinn destilliert zur Kenntnis zu nehmen vermag, unterhält mich im großen und ganzen alles, und seit ich kein Gesellschaftsleben mehr führe, werden Zerstreuungen mir auch zuteil. Es ergibt sich von selbst, daß diese Haltung eine ununterbrochene Bereitschaft, angespannte Wachsamkeit und Widerstandskraft erfordert. Die Anziehungskraft der mächtigen gesellschaftlichen Interessen übt nämlich ihren magnetischen Einfluß auch auf jene aus, die sich den Gesetzen der Gemeinschaft entzogen haben.

Zwischen den verschiedensten Einstellungen des Armen zur Welt fordert die Einsamkeit die meisten Opfer und die allerhöchste Kraftanstrengung. Wie wir gesehen haben, lebt der Arme am liebsten in der Menge. Die berühmten und begabten Armen, die das Dasein im Zustand der Armut erdulden, die Erscheinungen in die Wirklichkeit und die Illusionen in die Wahrheit umdichten, machen sich selten bemerkbar und erwecken stets eine starke Antipathie bei ihren Zeitgenossen, die in der Masse ihr Leben fristen. Schopenhauer, Kant und Nietzsche hielten die Einsamkeit aus, ebenso Pascal. Sokrates, ein sehr ernst zu nehmender Armer, jedoch nicht; er trieb sich den ganzen Tag auf der Agora herum und schwatzte, allerdings nahm er auch ein unrühmliches Ende.

Das gesellschaftliche Leben ist wenig geeignet, den Armen zur Erkenntis der Wahrheit zu verhelfen. Auch die Freundschaft ist ungeeignet. Nur im Zustand der vollkommenen, bewußten und vornehmen Einsamkeit vermag man die Welt auf den Nenner der Wahrheit umzudichten. Wer hierzu unfähig ist, kann vielleicht auf dem Gebiet der Praxis, etwa im Gewerbe, im Handel oder in der bildenden Kunst Ausgezeichnetes leisten, wird jedoch nie Gelegenheit finden, die Wahrheit zu erkennen.

Meine Tage sind erfüllt von jener milden Schadenfreude, die die ununterbrochene Erkenntnis der Wahrheit dem Forscher bietet. Ohne jede Beziehung und Verpflichtung beobachte ich mit klaren und wachsamen Augen tagaus, tagein die Welt. Und wann immer sich eine günstige Gelegenheit bietet, schlummere ich ein und schlafe eine Runde. Die Beobachtung, Erkenntnis und Erduldung der Welt bietet mir, im Rahmen der Armut, sozusagen grenzenlose Freuden. Außer nach der Wahrheit sehne ich mich nach nichts, denn ich habe mich von allem befreit. Es geht auch so, wenn auch sehr schwer. Es ist mir gelungen, die Welt nach meinen eigenen Ansprüchen umzudichten. Ich bin arm, wie ein anderer Urologe ist – beruflich.

Mit dieser erhabenen Anschauung der Umdichtung verbindet sich meine Einstellung zum Tod, der mir so vertraut und gleichgültig geworden ist wie das Leben.

5

Nach langwierigen Versuchen und jahrelangen Überlegungen gelang es mir, im Sommer des Jahres 1932 in meiner Wohnung ein Läutewerk anzubringen, welches so konstruiert war, daß mein Dienstmädchen mich zu jeder Tages- und Nachtstunde anklingeln konnte, ich sie jedoch nicht. Mein einfaches, billiges und überall anzubringendes Klingelsystem empfehle ich wärmstens einem jeden, der die komplizierten Einrichtungen der zivilisierten Gesellschaft satt hat und sein Leben durch gesunde und angenehme Methoden zu vereinfachen wünscht.

Diese recht primitive elektrische Anlage läßt sich ohne weiteres im Schlaf-, Arbeits- oder Speisezimmer anbringen und bietet vollkommenen Komfort und große Sicherheit. Der Vorteil dieser Anlage besteht vor allem darin, daß sie mein Privatleben vor den Störungen und Unbequemlichkeiten schützt, die einem Dienstboten sonst bereiten. Dank meines Klingelsystems kann die Hausangestellte die Zimmer nie zu ungeeigneten Zeiten betreten: Will sie mit ihrem Brotherrn sprechen, so setzt sie von außen das Läutewerk in Bewegung und betritt das Zimmer erst nach Verlauf einer kurzen Zeitspanne, in welcher man sich gewissermaßen zu ihrem Empfang vorbereiten kann. Diese kleine, aus einigen Metern Draht und einer elektrischen Klingel bestehende Erfindung empfehle ich besonders jenen armen Schriftstellern, Künstlern, Politikern, Beamten und Militärs, die nicht nur in den Augen ihrer Vorgesetzten, sondern auch vor ihren Dienstboten als große Männer gelten wollen; wie wir wissen, ist letzteres besonders schwer zu erreichen.

Meine Alarmglocke, die das Mädchen von ihrem Zimmer aus nach Belieben in Bewegung setzt, sobald sie das Bett machen, den Tisch decken oder abräumen will, verleiht mir das Gefühl der absoluten Sicherheit und behütet mich vor der Unannehmlichkeit, überraschend von einer Fremden in eben jenem Augenblick gestört zu werden, wo ich in aller Gemütsruhe die Bequemlichkeit meines Heims genießen, in der Nase bohren oder in mangelhafter Bekleidung auf und ab gehen will; all dies kann bedauerlicherweise bei den größten Politikern, hohen Militärs, Schriftstellern, ja sogar bei kirchlichen Würdenträgern hin und wieder vorkommen, von anderen ungezwungenen Situationen des Lebens gar nicht zu reden. Den Reichen dagegen droht keine Gefahr dieser Art.

Die Gefahr des Prestigeverlustes bedroht ausschließlich den Armen. Der Reiche bleibt nämlich in den Augen seiner Dienstboten, so ungeniert und menschlich er sich auch benimmt, immer der große Mann. Die schon im Reichtum geborenen Reichen baden, unterhalten sich über vertrauliche Angelegenheiten, ja, handeln sogar in Anwesenheit ihrer Chauffeure, Lakaien, Kammerzofen und Jäger so unbefangen, als wären sie allein im Zimmer; denn für den wirklich Reichen sind Dienstboten keine Personen, die seine Handlungen, selbst in Gedanken, einer Kritik unterwerfen würden. Und am sonderbarsten ist die Tatsache, daß die Dienstboten, die ja von ihren Herren seit Generationen sozusagen per Inzucht ausschließlich zu diesem Zweck gezüchtet werden, tatsächlich nicht auf den Gedanken kommen, ihre Herrschaft zu kritisieren.

Die wirklich reiche Frau zieht sich bekanntlich vollkommen ungeniert vor einem männlichen Dienstboten aus, denn es kommt weder ihr noch dem Diener in den Sinn, daß die Situation für einen der Betreffenden anstößig sein könnte; und die reichen Männer lassen sich ohne jeden Hintergedanken von ihrem Zimmermädchen nach dem Bad abfrottieren. Wie der Mensch sich nicht vor seinem Spiegelbild schämt und auch nicht vor seinen Händen und Füßen, so schämen sich die vornehmen Leute nicht vor ihrem Diener oder der Zofe. Der Reiche spricht bei Tisch unbefangen in Anwesenheit des Dieners oder im Wagen vor dem Chauffeur, denn er weiß, daß er eigentlich allein ist und gewissermaßen vor seinem zweiten Ich seinen Gedanken freien Lauf läßt. Und es kommt tatsächlich selten vor, daß die Dienstboten einem richtigen Reichen gegenüber von ihrem Recht zur Kritik Gebrauch machen.

Im Haushalt eines Armen dagegen, wo beide arm sind, Hausherr und Dienstbote, ist es fast unvermeidlich, daß der arme Dienstbote den armen Brotgeber früher oder später mit Mißtrauen betrachtet. Ein Mädchen für alles sieht den Herrn des Hauses, der dreihundertdreißig Pengö verdient, natürlich nicht als überirdisches Wesen an; sie sieht in ihm nur einen Kleinbürger, der als Gegenleistung mehr von ihr verlangt, als die dreißig Pengö wert sind, die sie von ihm erhält, und der ihr anderseits zu wenig bietet für die dreihundertunddreißig Pengö, die er verdient. Dieser Verdacht des Armendienstboten ist meist begründet.

Ohne das erwähnte Klingelsystem entsteht also früher oder später zwischen dem Armen und seinem Dienstmädchen ein für das häusliche Leben der Armen besonders charakteristisches gespanntes, mit Mißtrauen und Mißachtung durchwobenes Verhältnis. Das Dienstmädchen kann nur schwer die Enttäuschung über den Brotgeber vermeiden – mein Läutewerk ist das geeignete Instrument zur Linderung dieses bedauerlichen und erniedrigenden Verhältnisses. Nebenbei regt sich im Armen nur zu oft ein gewisses Schuldgefühl dem Dienstboten gegenüber, er bezeichnet diese vage und peinliche Regung als »soziales Verantwortungsgefühl«, übrigens ein recht bequemes Schlagwort, denn genausogut könnte er auch sagen, daß sich, vom kulturmorphologischen Standpunkt aus betrachtet, seine eigenen Ansichten mit der Auffassung des Dienstmädchens nicht decken.

In der Tat erledigt das Dienstmädchen im Haushalt des Armen die gesamte wirkliche Arbeit, räumt auf, macht die Betten, holt ein, kocht, richtet an, spült ab, tut nebenbei noch von früh bis spät dies und jenes und erhält für diese Tagesleistung einige Heller und nicht das beste Essen; während der Arme in seinem Büro sitzt, billige Zigarren raucht und gemütlich an seinem Schreibtisch eine der vielen Pseudoarbeiten verrichtet, ohne die die Maschinerie der Zivilisation zwar viel reibungsloser laufen, der Arme jedoch in den Mond gucken würde; darum bleibt der Gesellschaft der Armen nichts anderes übrig, als diese Ämter zu dulden. Der Dienstbote weiß das, und wenn er es vielleicht auch nicht ganz genau weiß, so ahnt er es zumindest.

Die Spannung in ihren gegenseitigen Beziehungen wird durch meine Erfindung stark gemildert. Wenn mein

Dienstmädchen mit mir sprechen will, so läutet sie einmal; wenn ich nicht sofort komme, dann wartet sie etwas und läutet noch einmal; jetzt gehe ich hinaus und erkundige mich nach ihren Wünschen.

Lord Byron experimentierte, wie wir von seinem Biographen erfahren, zur Zeit seines Verhältnisses mit Caroline Lamb, einer Dame der Gesellschaft, mit einem Klingelsystem, das dem von mir erfundenen sehr ähnlich war. Nach den, wie wir wissen, für Byron nicht sehr erfreulichen Rendezvous in seiner Junggesellenwohnung pflegte er, bevor seine Freundin ihn verließ, zu läuten, um dem Diener zu signalisieren, sich nicht blicken zu lassen. Dieses einfache und geistreiche System vermochte Caroline Lamb, übrigens eine Dame von recht beschränktem geistigem Horizont, nie zu verstehen, da sie sich unter anderen auch jenes gesellschaftliche Vorurteil angeeignet hatte, daß man nur dann läutet, wenn man den Diener zu sehen wünscht. Byron, eine nicht mit Vorurteilen belastete Seele, der beispielsweise seine Halbschwester Augusta bei verschiedenen Gelegenheiten in Anwesenheit seines Dieners Fletcher mit den Zeichen seiner Liebe und Zärtlichkeit überhäufte, schien schon etwas von den nicht ganz natürlichen und ungezwungenen Beziehungen zwischen Herrn und Diener zu ahnen, denn er kam ja auch auf ein Klingelsystem, um dem Diener anzuzeigen, daß er ihn nicht sehen möchte.

Mein Klingelsystem ist allerdings noch vollkommener, mich sieht mein Dienstmädchen nur dann, wenn sie mich braucht. Ich betrachte dieses Klingelsystem als den wichtigsten Erfolg meiner Bemühungen, das Leben für den Armen zu vervollkommnen und zu vereinfachen, und ich kann es ihm nur wärmstens empfehlen.

Im Umgang mit Dienstboten ist es außerordentlich schwierig, den richtigen Ton zu treffen. Dienstmädchen hegen einen berechtigten Verdacht gegen alle »sozialen« Annäherungsversuche und Liebenswürdigkeiten eines Menschen, dem sie für dreißig Pengö Monatsgehalt täglich mehrmals »Küß die Hand« sagen müssen. Am vernünftigsten handelt der Arme, wenn er sein Dienstmädchen als »bezahlten Feind« betrachtet – übrigens eine beliebte Ausdrucksweise kleinbürgerlicher Hausfrauen unter sich –, als Feind, der aus unbekannten Gründen nicht mehr bereit ist, für seinen Brotgeber zu leben und zu sterben und mit ihm nur zu sprechen, wenn es die Gelegenheit unbedingt erfordert.

Die Frau eines Armen irrt sich sehr, wenn sie glaubt, das Vertrauen ihres Dienstmädchens mit den Worten »Schauen Sie mal her, Emma, was mir mein Mann geschenkt hat« zu gewinnen oder zu festigen und dabei einen neuen Ring oder ein Sommerkleid vorzuführen. Diese Vertraulichkeit ist bestimmt nicht der richtige Weg, um die Anhänglichkeit eines Dienstmädchens zu festigen. Genauso falsch ist es, die armseligen Schätze des Dienstmädchens zu bewundern, einen Hut oder eine Handtasche, die sie sich aus zusammengesparten Trinkgeldern gekauft hat; denn das Dienstmädchen weiß genau, daß ihr Besitz in den Augen der Herrschaft armselig erscheint; vielleicht sind Dienstmädchen auch deshalb zu einer melancholischen Gemütsstimmung und zum Selbstmord geneigt. Der Arme verbleibe seinem Dienstboten gegenüber der Herr und vermeide lieber jedes Gespräch.

Ungemein vereinfacht wird das Leben des Armen durch die Tatsache, daß er kein Geld hat; denn es ist bekannt, daß der Mensch, kaum im Besitz von Geld, sich sofort bemüht, seine erträumten Lebenswünsche zu verwirklichen, und solche Experimente komplizieren das Leben ganz ungemein. Der Arme hat es viel leichter, denn er vermag seine Wünsche dem Maßstab des Möglichen anzupassen und weiß immer ganz genau, was er tun soll, um glücklich zu sein. Er kann sich nur nach Situationen sehnen, die verwirklicht werden können. Geben wir ihm an dieser Stelle einige praktische Anweisungen: Der Arme tut recht, wenn er nach dem Beispiel der Reichen seine Bleibe von Zeit zu Zeit wechselt und umordnet. Ich zum Beispiel habe in Berlin jeden Monat mein Zimmer gewechselt.

Der Wechsel unterhielt mich, und nebenbei bereicherte ich auch meine Erfahrungen, denn als Untermieter hörte ich, worüber meine Hausherren im Nebenzimmer sprachen. Der Arme bleibt am zweckmäßigsten sein ganzes Leben lang Untermieter. Der Besitz, selbst der Besitz einer Wohnung, bedeutet eine lästige Bindung und Verantwortung. Wenn es nach mir ginge, so zöge ich am liebsten gleich morgen als Untermieter in meine eigene Wohnung und würde dann monatlich sechzig Pengö für alles bezahlen, wofür ich als Hauptmieter insgesamt viel mehr opfern muß. Als Hauptmieter ist der Arme in seiner Bewegungsfreiheit stark beschränkt, aber selbst dann tut er gut, dem Vorbild der Reichen zu folgen und seine Zimmer gelegentlich umzustellen. Die abgelebte und des Bewohners überdrüssig gewordene Wohnung ist überfüllt mit den stickigen Dämpfen unserer Sorgen und unseres Kummers; der Reiche ist sich dessen bewußt und läßt seine Zimmer von Zeit zu Zeit neu tapezieren oder die Leinwandbespannung in eine Seidenbespannung umtauschen. Er mustert den Louis-XVI-Salon aus und kauft sich statt dessen Möbel aus der Zeit Henri IV. Der Arme kann sich, wenn er Sinn für Wohnkultur besitzt, auch ganz gut amüsieren, indem er meinetwegen am Saisonanfang den Waschzuber aus der Küche in das Vorzimmer hinübernimmt, ein buntes Tuch darüberbreitet und ihn während des Sommers als Bank benutzt, oder er speist zur Abwechslung auf dem Schreibtisch und bügelt auf dem Eßzimmertisch.

Eine geschickte Hand, eine empfindsame Seele, Geschmack und Farbsinn können mit ein paar Griffen manches am Gewohnten ändern. Die aus dem Pfandhaus ausgelösten Eßbestecke und Kerzenhalter wirken auf unser tägliches Leben mit dem Zauber des Neuen und des Reichtums. Solche Kleinigkeiten kosten nichts, und der Arme fühlt dennoch, daß sich der bis zur Übelkeit gewohnte Rahmen seines täglichen Lebens verjüngt hat und er selbst in der neuen Umgebung mit mehr Mut und Freude glückhaften Veränderungen entgegengeht.

Auch die Bekleidung bietet zur Hebung der Lebensfreude so manche Möglichkeit. Gleich dem Reichen, der zu jeder Gelegenheit einen passenden Anzug wählt und sich beim Wechsel der Jahreszeiten geradezu verpflichtet fühlt, sich selber und seine Familie mit neuen Kleidern zu beschenken, so verfügt auch der Arme über Mittel und Wege, sich nach eigener Art zu verschönen und in seiner Bekleidung der Phantasie freien Lauf zu lassen.

Schon allein der gewendete Anzug vermittelt ein angenehmes Gefühl der Erneuerung; leider kann man ihn nur einmal wenden, und selbst diese bescheidene Umarbeitung kostet Geld. Es ist leicht, durch kleine Veränderungen den Wert der Garderobe zu heben. So ließ ich einmal, nach dem Beispiel des Prinzen von Wales, der sich stets individuell kleidete und als Diktator auf dem Gebiet der Mode galt, meine sämtlichen Taschen zunähen. Für mich war dies eine Neuheit, mein Anzug gewann eine persönliche Note, und ich fühlte mich weniger schäbig als vorher. Oft sehen wir, daß Arme mit einem sogar die Phantasie eines englischen Dandy in den Schatten stellenden Abwechslungsreichtum ihrer Bekleidung beim Rennen, bei offiziellen Empfängen, auf dem Stehplatz oder in der Oper zu glänzen suchen. Wir sehen besonders talentierte Arme, die zu einer grauen Hose und einer gelben Joppe eine rote Weste wählen, andere Sonderlinge wieder, die zur Hose überhaupt keine Joppe tragen, sondern nur ein Hemd, und selbst dies nach einer ganz individuellen Art.

Wenn der Arme in der Zeitung einen Modeartikel mit dem Titel »Was tragen wir diesen Sommer?« liest, so kann er sich und seinen Familienmitgliedern eine angenehme Stunde bereiten. Er versammelt etwa seine Verwandten und Bekannten um sich und bespricht mit ihnen, was sie in diesem Sommer tragen sollen. Nach den Modenachrichten in den Tageszeitungen, die das modelüsterne Publikum rechtzeitig über die neuesten Bademoden in Palm Beach oder am Strand von Cannes unterrichten, kann dann auch der Arme beschließen, in dieser Saison im Donaufreibad in langen, unten zusammengebundenen Unterhosen zu erscheinen.

Häufig lesen wir, daß wunderschöne Filmstars in Hollywood junge Krokodile als Maskottchen tragen oder sich Schlangen um den Hals winden und bei Gesellschaften Löwenbabys an der Leine mitschleppen. Nichts ist für die Frau des Armen leichter, als mit dieser Mode Schritt zu halten, und selbst wenn es für unsere Intelligenzstufe nicht zu einem Krokodil reicht, so können wir unseren Frauen immer noch eine Eidechse oder einen Igel schenken, die sie dann, um den Hals geschlungen oder am Schnürchen nachgezerrt, auf den Donaukai mitnehmen können. »Was tragen wir diesen Sommer?« kann der Arme seine Familienmitglieder fragen, um darauf überraschende und originelle Antworten zu erhalten. Liest der Arme in der Zeitung, daß nach einer Information des Modeberichterstatters der Frack abends im Theater nicht mehr obligatorisch ist und daß man an seiner Stelle den doppelreihigen Smoking mit Seidenhemd trägt, so atmet er erleichtert auf, denn nun kann er den von seinem Vater ererbten Frack für seine Kinder zum heute modernen »Overall« verarbeiten lassen.

Es ist vollkommen verfehlt zu glauben, der Arme könne mit der Mode auf seine Weise nicht Schritt halten. Wirklich elegante Männer habe ich nur in der Welt der Armen angetroffen. Nur sehr arme und außerordentlich begabte Männer verstehen jenen intensiven Hochgenuß, den der arme Dandy, denn es gibt auch solche, in der Frühe bei der Auswahl zwischen zwei Krawatten oder zwei Hemden empfindet, besonders wenn er nicht über ein drittes Exemplar verfügt. In solchen Fällen tritt der Arme zum Fenster und blickt hinaus; erscheint der Morgen perlmuttergrau und neblig, entschließt er sich eher zur grünen Krawatte, und wenn die Sonne strahlt, zur flammendroten.

Es verursacht mindestens den gleichen Genuß, die einzige Krawatte mit besonderer Sorgfalt zu binden, wie mit dem englischen Diener die Tagestoilette je nach Laune oder gesellschaftlicher Verpflichtung zu besprechen. Wie mancher sehr empfindliche und schwerreiche Mensch die Schuhe zuerst einige Male von seinem Diener tragen läßt, um sie richtig bequem zu haben, so läßt der noch viel empfindlichere Arme nicht selten seine Schuhe von den Reichen bequemtreten.

Die edlen Armen kleiden sich mit gewählter Eleganz. Schon bei ihren Einkäufen fällt dies auf; der Reiche verwendet nie die gleiche Sorgfalt beim Einkauf eines Modeartikels, eines Hemds oder eines Anzugs wie der Arme, der sich oft stundenlang besinnen muß, ehe er sich beim Shirtmaker zum Kauf einer Unterhose entschließt. Die Armen ersetzen zuweilen die Mängel ihrer Garderobe mit überraschenden Modeeinfällen. Ich kenne Arme, die mit einem um den Hals gewundenen Handtuch so geschickt das Fehlen von Hemd, Krawatte und Kragen verbergen, daß der oberflächliche Beobachter ihn für einen vom Morgenritt heimkehrenden Modejüngling halten könnte, der statt Kragen und Krawatte ein weißes Pikeetuch um den Hals trägt.

A. H., einer unserer prominentesten Wanderarmen, erzählt in seinen Memoiren, daß Knut Hamsun als junger Mann in einem Münchner Kaffeehaus die ausgefransten Enden seiner Hose sorgfältig mit einer Nagelschere beschnitt, die er ganz ungeniert aus der Tasche zog. Hamsun, übrigens ein notorischer Armer, hatte damals schon seine Werke »Hunger« und »Pan« geschrieben, und A. H. gibt zu, daß ihm beim Anblick Hamsuns die Tränen in die Augen traten.

Wedekinds Taschen waren bekanntlich immer leer, und dennoch zog er sich mit ekklesiastischer Eleganz an, trug am liebsten einen schwarzen Bratenrock und ließ sich bei seinen Spaziergängen durch die Straßen Münchens von erschrockenen Schulkindern, die den mit düsterer Feierlichkeit dahinschreitenden Autor von »Lulu«

für einen Geistlichen hielten, die schwarz behandschuhte Rechte küssen.

Der berüchtigte Journalist Z. V., einer der Modehelden seiner Zeit, der aus politischen Gründen längere Zeit im Gefängnis verbrachte, schneiderte sich aus gestreiftem Gefangenentuch eigenhändig einen Anzug, den er sodann mit viel Würde und Selbstverständlichkeit trug.

Berühmt für seine Eleganz in den Nachkriegsjahren war ein hervorragender Armer, der Zeichner K. S., der mit Stiefeln und Lederhose auf den Pariser Boulevards allgemeines Aufsehen erregte, bis er dann eines Tages wegen Unterschlagung nicht ganz freiwillig ins dunkelste Afrika verschwand.

Einer unserer berühmtesten Kunstmaler, der behördlich nachweisbar seit vielen Jahren keinerlei Geld auch nur aus der Nähe gesehen hat, gilt heute noch dank seines aus Kunstleder angefertigten Übergangsmantels, den er vor zwei Jahrzehnten von einem abgerüsteten Trainsoldaten auf der Rákoczistraße in Budapest erstanden hatte, als »Arbiter elegantiarum« auf dem Montparnasse.

Das Geheimnis der Eleganz der Armen liegt nicht so sehr in der Qualität des verwendeten Stoffs oder im Schnitt, sondern eher in der Haltung, mit der sie den Anzug tragen. Wir kennen vernachlässigt aussehende Bettler, die vor den Kirchen ihrem Beruf nachgehen, aber auch nette, gepflegte, elegante Bettler. Z. R. zum Beispiel ließ sich während seines Brüsseler Exils, nachdem seine Anzüge schäbig geworden waren, einen Bart wachsen und trug diesen mit der gleichen Eleganz wie einst den Frack.

Gelegentlich züchtete sich der arme Mann sozusagen Bekleidungsstücke heran, die sodann, gleich einem Körperteil, untrennbar mit seinem Wesen verbunden bleiben; ein so herangezüchtetes Stück, ein Hut, ein Hemd, trägt er dann bis zu seinem Lebensende. Als bescheidenes Beispiel erwähne ich, daß es mir vor dreizehn Jahren in Florenz gelungen ist, einen togaartigen hellblauen Bademantel heranzuzüchten, den ich seitdem mit unerreichbarer Eleganz trage und in dem ich nach der Behauptung von Sachverständigen Brutus ähnlich sehe, wie er im Schutz einer Säule mit dem Dolch in der Hand auf Cäsar lauert.

6

Der Wandertrieb der kultivierten Armen ist ein naturwissenschaftlich nicht ergründbares biologisches Rätsel und hat weder mit sozialen Hintergründen noch mit der Völkerwanderung etwas zu tun. Diese Erscheinung ist so mysteriös wie der Zug der Heringsschwärme zu ihren Laichplätzen. Beobachten wir das Leben der Armen aus nächster Nähe, so stellen wir fest, daß weder klimatische Einflüsse, wie bei den Vögeln, noch Erwerbsfragen, wie bei den Bankiers, sie zum Wandern nötigen, sondern ganz einfach eine mysteriöse innere Unruhe, eine Unzufriedenheit, die Dienstboten geradezu zwingt, den gewohnten Arbeitsplatz ohne jeden besonderen Grund aufzugeben und in einem weiter entfernten Stadtteil eine neue, sehr oft ungünstigere Stellung zu suchen.

Französische Monteure überkommt plötzlich die Sucht, sich an ihren Arbeitgeber zu wenden und nach Südamerika auszuwandern. Das Wandern ist eine seit Urzeiten wahrnehmbare beunruhigende, unerklärliche, auffallende und mysteriöse Begleiterscheinung im Leben der Armen. Die Behauptung, der Arme greife, von Wissensdurst getrieben und vom Kulturhunger gequält, zum Wanderstab, um fremde Länder kennenzulernen, seine Handfertigkeit zu vervollkommnen und seinen Wissensdurst zu stillen, ist eine fromme Vorspiegelung nicht bestehender Tatsachen. Der Arme wandert auch dann von einem Stadtteil zum anderen, aus einem Dorf ins andere, wenn er weiß, daß ihn dort keine neue Welt erwartet; er wandert mit eigensinniger Zwecklosigkeit, als hoffte er, irgendwo eine Lösung, eine Antwort zu finden auf eine Frage, die seine Gedankenwelt pausenlos beschäftigt und für deren Formulierung seine Zeit nie reicht.

Es wäre ein krasser Irrtum, den Wandertrieb der Armen mit der modernen Reiselust der Reichen oder mit dem berufsmäßigen Herumziehen der Vagabunden zu verwechseln. Nach dem Zeugnis der Historie machen sich die Armen ohne jeden Grund auf den Weg und wechseln ihr Domizil, sobald sie fühlen, daß sie an dem Ort, wo sie sich seßhaft gemacht haben, nach einer gewissen Zeit keine Antwort auf diese unklare, nicht formulierbare und dennoch brennend schmerzliche, erregende Frage erhalten, die das Seelenleben des einzelnen ebenso wie auch die große völkische Gesamtheit der Armen ununterbrochen beschäftigt.

Eine Geschichtsschreibung, die die Völkerwanderung einfach mit abgegrasten Weidegründen, mit dem Nachlassen des Wildreichtums oder mit politischen Meinungsverschiedenheiten zu begründen trachtet, ist trotz ihrer scheinbar wahrheitsgetreuen Beweisführung idealistisch und primitiv. Die armen Völker, denn wir wissen ja, daß es spezifisch arme und reiche Völker gibt, werden wie der Arme als Individuum nicht wegen abgegraster Weideflächen, nicht aus Eroberungs- und Raubgelüsten – letztere zweifelsohne eine elementare historische Gewalt – zum Wandern getrieben, sondern vor allem durch die quälende Unsicherheit, ob sie im Verlauf ihres geschichtlichen Völkerlebens je eine Antwort auf die Frage erhalten, warum sie eigentlich arm sind. Die reichen Völker bleiben an der Stelle seßhaft, wo sie sich niedergelassen haben, und wandern später nur aus einem Grund, nämlich um Eroberungen zu machen. Die armen Völker wandern unermüdlich von Osten nach Westen, von Europa nach Amerika, in Massen und allein. Dieser Wandertrieb ist das große gemeinsame Geheimnis aller Armen.

Wenn zwei Arme verschiedener Nationalität sich in Bombay oder Detroit treffen, erkundigen sie sich gegenseitig nicht nach dem Grund, warum sie die Heimat verlassen haben, denn für sie ist es kein Rätsel, daß beide auf der Suche nach Antwort auf die ewige Frage der Armut sind. Der Arme entschließt sich leicht und gern zum Reisen. Oft hören wir von Armen, daß sie soeben von Ankara zurückgekehrt seien und morgen nach Nürnberg reisen, wo sie ganz bestimmt niemand erwartet. Sie bereiten sich so eifrig auf die Fahrt vor, als ob sie Angst hätten, etwas zu versäumen.

Auf den Landstraßen Europas, Amerikas und Asiens zieht ein ununterbrochener Strom Millionen Armer umher, mit Rosenkränzen, mit Dietrichen, mit einer Dose Sardinen, mit echten und gefälschten Ausweispapieren in den Taschen, sie wechseln aneinander vorbei, anscheinend ziel- und zwecklos, mit hartnäckiger Eile, als ob der eine eben dort zu tun hätte, von wo der andere kommt.

Dieses ununterbrochene Schwärmen auf den Landstraßen, um die Bahnhöfe, in den belebten Straßen einer Großstadt bedeutet keinesfalls, daß die Armen ausschließlich Brot und eine neue Heimat in der Fremde suchen. Die Armen, die sich zur Wanderschaft entschließen, verfolgen kein bestimmtes Ziel, sondern die Fremde selbst. Sie ahnen, gleich Kolumbus, hinter der bekannten Welt irgendeinen unbekannten Erdteil. Und hinter der unbekannten Welt ahnen sie den Erdteil der Armen, der sie anzieht. Jeder Arme hofft, auf seinen Wanderungen eines Tages ausrufen zu können: »Land!« – und er erblickt das neue Amerika, das stets ersehnte, wo er dann endlich Anker werfen und an Land gehen kann. Darum wandert er. Auf der Suche nach der Urheimat durchwandert er, gleich dem Asienforscher Körösi Csoma Sándor auf der Suche nach der Urheimat der Ungarn, die Welt zu Fuß.

Der Arme sieht auf seiner Wanderschaft die Sehenswürdigkeiten einer Großstadt von einem ganz anderen Gesichtspunkt aus als der Inhaber einer Textilfabrik in Manchester. Kirchen, Museen, Denkmäler interessieren Arme kaum, wenn sie Sehenswürdigkeiten dieser Art überhaupt bemerken. Auch ihre Reisetechnik hat eine gewisse persönliche Note. Nur selten bestellen sie ihre Zimmer im Hotel im voraus. Sie lieben es, überraschend einzutreffen und sich ebenso zu entfernen. In fremden Städten interessieren sie sich vor allem für die sozialen Einrichtungen.

Jede Großstadt hat ihre Grand Hotels für Arme, wo nur sie absteigen dürfen und in die Reiche gar nicht eingelassen werden. Wie in sehr exklusiven Hotels, wo man nur auf eine Empfehlung hin Zimmer erhält, blickt man in den für Arme reservierten Unterkünften Fremde, die nicht die Uniform ihrer Klasse tragen und nicht über die entsprechenden Ausweise und Empfehlungen verfügen, mit Mißtrauen an. In den Nachtasylen und in den Schlafsälen der Heilsarmee achtet man peinlich darauf, daß ja kein Fremdling sich zwischen die Gäste verirre.

Für die Armen handelt es sich beim Reisen um einen Selbstzweck, und es scheint fast so, als wäre die Ankunft in ihrem Programm gar nicht vorgesehen. Der Zweck ihrer Reisen ist nie die Teilnahme an den Salzburger Festspielen oder an der Eröffnung einer Weltausstellung in Paris; der Zweck ihrer Reise ist es vor allem, unterwegs zu sein.

Zu den wandernden Armen gehören, als Unterabteilung, die von der Polizei unter dem Sammelnamen »Vagabunden« registrierten Menschen unruhigen Geistes. Über die Kunst des Vagabundierens haben Schriftsteller, die, nebenbei gesagt, die Grenzen ihrer Geburtsstadt meist nie verlassen haben, schon so viele schöne Bücher geschrieben, daß es mir überflüssig erscheint, im Rahmen meiner Ausführungen näher auf dieses Phänomen einzugehen. Dieses Thema ist bei den dilettantischen Intellektuellen, die ihre Erlebnisse in der Welt und nicht im Arbeitszimmer suchen, besonders zu Zeiten großer sozialer Umwälzungen sehr beliebt. Die richtigen Vagabunden verachten von ganzem Herzen die intellektuellen Vagabunden und meiden sie geflissentlich.

Der Intellektuelle reist mit Zahnbürste, Kölnisch Wasser und einer französischen Anthologie in der Handtasche und ist auf Erlebnisse in der Welt aus; der richtige Vagabund wandert ohne Buch oder Parfüm und sucht in fremden Städten nicht so sehr Erlebnisse, als vielmehr Zigarettenstummel auf dem Trottoir, Bargeld, warmes Essen und Unterkunft irgendwelcher Art für die Nacht. Der Dilettant beruft sich vage auf die ungebundene Freude des Vagabundierens, rechtfertigt mit kraftloser Motivierung den Wandertrieb und idealisiert mit anarchistischen Theorien die einfache Tatsache, daß er kein Sitzfleisch hat, weder arbeiten kann noch will, kurzum, daß er ein Vagabund ist. Der wahre Vagabund motiviert nie. Seine Reisekleidung ist originell und primitiv.

Ich lernte in Frankfurt a.M. einen Vagabunden kennen, der, nur mit einem wasserdichten Regenmantel bekleidet, ganz Europa durchwandert hatte und der nach gegenseitiger Vorstellung aus den Taschen seines vom Wetter hergenommenen Mantels folgende Gegenstände ans Tageslicht beförderte: zweieinhalb Meter Schiffer-schnur, einen deutschen Schmöker mit dem Titel »Quannon von Okadera«, eine fertig gebundene Frackkrawatte, eine zusammenlegbare Säge, drei Taschentücher, in Zeitungspapier eingewickelte Hustenbonbons und das aus einer französischen illustrierten Zeitschrift herausgeschnittene Bild der heiligen Therese von Lisieux, an deren anmutigem Antlitz er Gefallen gefunden hatte. Im Besitz dieses bescheidenen Inventars durchwanderte er die halbe Welt, schlief immer nur in Gasthäusern, aß in Wirtschaften, machte einen durchaus gepflegten Eindruck, und sein bescheidenes, jedoch sicheres Auftreten erinnerte an einen Menschen, der sein Gepäck auf dem Bahnhof in der Aufbewahrung gelassen hat, um sich die fremde Stadt ein wenig anzusehen.

Die Literatur ist voll von den Bekenntnissen der Pseudovagabunden. Literatur dieser Art betrachten die richtigen Vagabunden als rufschädigend. Das Vagabundieren ist ein Handwerk wie das des Meerschaumpfeifenschnitzers, der fünfzig Jahre lang in derselben Stadt ansässig ist, nur gehört mehr Tüchtigkeit und Fachkenntnis dazu. Wer, wie der Autor dieser Abhandlung, viel mit Vagabunden zu tun hatte, wird bemerkt haben, daß die richtigen Vagabunden im allgemeinen einen zerstreuten Eindruck hinterlassen. Sie hören unseren Worten nur mit halbem Ohr zu, reichen einem in der Mitte eines Satzes die Hand und verschwinden, im Gehen halten sie den

Blick aufs Trottoir gerichtet, als suchten sie etwas. Dichter behaupten, sie suchten ihr verlorenes Glück.

Die weitaus am meisten verbreitete Form des Reisens bei den Armen ist das Kranksein. Dies hat schon Charles Louis Philipp festgestellt, der auf andere Art nie eine Reise unternommen hat. Wenn uns eine Reise soviel bedeuten kann wie ein großes heidnisches Fest, dann kann die Krankheit von ähnlich reichen Erlebnissen angefüllt sein wie ein gelungener Ausflug zwischen zwei Fjorden. Beide Unternehmungen befreien uns für längere oder kürzere Zeit von den Pflichten, deren wir überdrüssig geworden sind, von der drückenden Verantwortung unserer Familie gegenüber.

Der Kranke wird, gleich dem Reisenden, zu einem außerhalb der Gesellschaft stehenden Wesen, er schuldet seiner zurückgelassenen Gesellschaft keine Verantwortung mehr, er schwebt im Halbschlaf mit angeregten und gleichzeitig angenehm betäubten Sinnen in einer fremden Atmosphäre, wo er für nichts verantwortlich ist und in der man ihn zu nichts verpflichten kann – dabei umgibt man ihn mit höflicher Sorge, denn der Kranke hat in der Familie nun die Rolle eines vornehmen Fremden eingenommen.

Gibt es für den Armen in der Tat einen schöneren Zustand als eine gelungene, ohne ernste Folgen ablaufende, zarte und angenehme dreiwöchige Krankheit? Gibt es eine schönere Reise als eine Blinddarmentzündung, wenn der Arme Urlaub erhält vom Leben, sich nicht mehr um den täglichen Existenzkampf zu kümmern braucht und, auf Kissen gebettet, in einer alles ausfüllenden großartigen Ruhe zwischen den farbstrotzenden Dekorationen seines Fieberwahns nach einem fernen, erschreckend anziehenden Weltteil, nach den wundersamen Gestaden des Todes schaukelnd getragen wird?

Denken wir doch daran, wie gern sich die Armen ihrer glücklich überstandenen Krankheit erinnern! Ausführlich erzählen sie die Einzelheiten der Abfahrt, wie sie sich auf den Weg machten in die fremde exotische Welt der Krankheit, was sie sahen, was sie empfanden, wie die erste Station aussah, die Ankunft, der Abschied von zu Hause und von den Freunden, dann das wilde, heiße, fremdartige Klima und schließlich die Rückkehr ... Ja, verreisen, immer ein wenig sterben – eine so mysteriöse Reise wiegt wohl das bißchen Sterben auf. Die meisten Armen erzählen mit der gleichen Begeisterung ihr Leben lang von einer überstandenen Diphtherieerkrankung wie von den unvergeßlichen Eindrücken einer Reise nach London.

So reist der Arme ein- bis zweimal in seinem Leben. Was ist eigentlich eine Reise? Viel eher ein Fortgehen irgendwoher als eine Ankunft irgendwohin. Es handelt sich immer um das gleiche süße, schmerzhaft glückliche Erlebnis: etwas oder jemand, den man nicht mehr liebt, zu verlassen. Wie verwirrend, quälend, voller Lärm, Unruhe, fremder Stimmen und Gebräuche ist die Ankunft in einer neuen Welt oder bei einem neuen Menschen; ein beunruhigender Moment, den der Reisende mit halb geschlossenen Augen fiebrig über sich ergehen läßt, wobei er unnötig Geld vergeudet und in seiner Aufregung Trinkgelder verteilt!

Ach, diese glückselige Befangenheit, die unsere Sinne im Augenblick der Abfahrt befällt, dieses Sich-Losreißen von allen Bindungen, die uns in bedauernswerte und einfältige Popanze verwandelt hatten; die Augenblicke der

Abfahrt eines Zugs oder der Beginn einer Krankheit gehören zu den wenigen reinen und ungetrübten Freuden des Lebens. Die Krankheit schließt sich dem Armen als Reisebegleiterin an, und sofort verändert sich die graue Landschaft um ihn. Worauf er geschworen, was er versprochen hat, bindet ihn auf einmal nicht mehr, er ist frei, und nur das kleine Zubehör der Krankheit nimmt er auf seine Fahrt mit; die Bekannten verschwinden in der Ferne des Krankseins, neue Gesichter tauchen auf, und seine Worte verlieren ihre Verbindlichkeit.

Und dabei ist es noch gar nicht sicher, ob er je zurückkehrt ... Wie die sehr vornehmen Reisenden genießt auch er die Vorteile der Exterritorialität. Und dann das Abenteuer, das Abenteuer der Krankheit, das Jagderlebnis mit dem Messer, das glückselige Hindämmern in der Narkose, das vollkommene Selbstvergessen, welches der Arme wirklich nur auf dem Operationstisch durchlebt. Schon eine Halsentzündung wiegt im Leben eines Armen eine Wallfahrt auf, und eine Operation ist für ihn kein geringeres Erlebnis als eine Forschungsexpedition nach Afrika.

Die moderne Seelenforschung neigt zu der Annahme, daß der Mensch nur dann erkrankt, wenn er vor den Verantwortungen des Lebens fliehen will. Wie der Gläubige ein heiliges Stigma, so bringt der Organismus eine Krankheit zutage, wenn wir vor den Folgen irgendeiner Handlung oder vor den Terminen dringlicher, aber unbequemer Entschlüsse fliehen wollen. Der kräftige, gesunde Mensch handelt; wie klein jedoch ist die Zahl der Kräftigen und Gesunden, die eines Tages ihren Hut lüften und vor der Verantwortung tatsächlich nach Amerika durchbrennen.

In der überwiegenden Mehrzahl bleiben wir hier und lösen uns im kritischen Augenblick sozusagen eine Fahrkarte zur Flucht im Wert einer eitrigen Mandelentzündung. Für den Armen ist das Fieber von der gleichen Bedeutung wie für den Reichen eine Yacht oder ein Flugzeug, eine Dosis Chinin wie in Paris ein Diner mit auserwählten Delikatessen, und der Tod ist das große Abenteuer, aus dem kein Weg zurückführt und in dessen Dunkel der Wanderer verschwindet, ohne je wieder seinen Lieben eine Ansichtskarte nach Hause zu schreiben. Die Hinterbliebenen eines Armen denken nicht selten mit unklarem Groll an ein vorzeitig verstorbenes Familienmitglied, so als wäre es mit einem Schiff vor seinen Pflichten geflohen und schwämme nun in einer fremden Welt im Überfluß der Genüsse – schwelgte irgendwo im Tod ...

Aber so, wie er nicht über genügend Geld zum Reisen verfügt, so reicht es den meisten Armen auch für die Krankheit nicht. Denn in unserer Gesellschaft ist es fast ebenso kostspielig zu sterben – wie zu leben. Viele Arme kommen nie dazu, richtig nach Herzenslust einmal krank zu sein, vielmehr müssen sie sich damit begnügen, einen alten Fetzen um den Hals zu wickeln und zu sehen, wie sie damit weiterkommen; es reicht auch in der Krankheit gewissermaßen nur für eine Fahrt mit der Lokalbahn. Sie sind die tragischen Opfer der Armut ...

Wenn der Arme aber etwas Geld übrig hat, dann bereitet er sich mit großer Feierlichkeit und Wichtigtuerei auf die Krankheit vor. Er packt sozusagen ein, zieht sich zur Reise um und winkt, in seine Kissen zurückgelehnt, der versammelten Familie mit einem Lächeln Abschied zu, als blickte er aus dem Fenster des abfahrenden Zugs – hochmütig und überlegen.

In meinen glücklicheren Jahren reiste ich selber viel; jetzt bin ich eher nur krank. Ich bereite mich auf das Kranksein geradezu mit Begeisterung vor, nehme von meinen Bekannten Abschied und packe meine Bücher und das sonst Notwendige mit der gleichen fieberhaften Erregung wie einst, wenn ich mich auf eine Reise nach dem Osten vorbereitete. Leider reicht es mir nicht immer für ein ausgiebiges Kranksein auf lange Distanz.

Ich war also gezwungen, mich nach einem Reiseersatz umzusehen, denn nur schwer vermochte ich die Begleiterscheinung eines Umgebungs- und Zustandswechsels, diese subtile und edle Erregung, zu entbehren, dieses Trugbild, das den Armen vorübergehend vergessen läßt, daß Gott ihn ursprünglich nicht zu jenem Tölpel bestimmt hat, in den er sich mit der Zeit verwandelt hat. Ich lasse zum Beispiel in der Frühe meine Koffer vom Speicher herunterholen, überzeuge mich, ob sie noch eine Reise aushalten, studiere die an den Seiten aufgeklebten ausländischen Hotelzettel und packe dann sorgfältig und umständlich ein. Nachdem ich all dies erledigt habe, nehme ich in der Mitte meines in Unordnung geratenen Zimmers Platz und ziehe Bilanz. Meistens stimmt meine Rechnung nicht.

Zur festgesetzten Zeit, zwanzig Minuten vor Abfahrt des Zuges, nehme ich gerührt Abschied von meiner Familie, lasse ein Taxi kommen und fahre in ein stilles Familienhotel, wo man mich schon erwartet; die Glocke ertönt. Hausdiener eilen herbei, das Gepäck wird auf mein Zimmer befördert, und während ich das Anmeldeformular ausfülle, bemüht sich der Portier um mich; dann schaue ich mir die in der Halle hängenden Theaterzettel an und erkundige mich beim Empfangschef, wie ich den

Abend angenehm und lehrreich verbringen könnte. Er empfiehlt dann meistens eine Operette und verschafft mir, mit einem kleinen Zuschlag für den Vorverkauf, eine Theaterkarte. Später esse ich im Hotelrestaurant zu Abend, natürlich allein, und genieße dabei die aufmerksame Bedienung, wie sie einem zugereisten Fremden gebührt; der Oberkellner empfiehlt Nationalgerichte als Spezialitäten des Hauses, und ich beobachte lange und mit besonderer Aufmerksamkeit die sonderbare Spielart der Zigeunerkapelle. Hier schmeckt alles anders, das Brot, der Wein, die Gewürze, selbst die Zigarre.

Die Abende verbringe ich im Theater, fahre im Taxi zurück ins Hotel, denn ich kenne mich ja in der Stadt nicht aus. Vom Fenster meines Zimmers beobachte ich noch die Lichter der fremden Großstadt, denke an meine zu Hause gelassenen Lieben und fühle mich so glückselig fremd, als wäre ich in Stockholm. So lebe ich einige Tage, dann lasse ich ein Taxi kommen und fahre wieder nach Hause.

Diese kleinen Reisen sind billig und erfrischen mich für lange Zeit. Sie vermitteln mir die Selbstvergessenheit der Entfernung und der Fremde und bieten mir das seltsam erschreckende Gefühl der Einsamkeit und der Verlorenheit. Dabei lerne ich auch jedesmal etwas dazu. Meistens allerdings nur, daß es kein Entkommen gibt, am Ende blüht mir doch die Rückkehr in den Stall – denn ich bin ja ein Armer.

In Wirklichkeit ist es manchmal teurer, von Pest nach Buda und zurück zu reisen, als von Buda nach London. Ich analysierte den Reiz der Erlebnisse einer Reise und kam zu dem Schluß, daß selbst ein so beschränkter Ortswechsel unnötig ist. Man kann nämlich reisen, auch ohne sich fortzubewegen, ohne Gepäck, Fahrkarte und Visum. In Paris, wo mich die Armut besonders plagte, suchte ich häufig einen der großen Bahnhöfe auf, löste eine Bahnsteigkarte und erkundigte mich ganz genau nach der Abfahrtszeit des Rom-Expreß; dann ging ich vor dem geheizten Zug auf und ab, kaufte Obst und Zeitungen, ließ meinen rechten Fuß auf dem untersten Trittbrett eines direkten Wagens nach Rom ruhen und gab mir den wichtigtuerischen Anschein, als wäre ich ein Reisender, der dem Fahrplan nicht vertraut und schon eine halbe Stunde vor der Abfahrtszeit sein Gepäck im Abteil in der Fahrtrichtung, möglichst in einem Raucherabteil, unterbringt und nun die sich drängenden Spätkommenden überlegen und mit Schadenfreude beobachtet, die Messingstange am Eingang des Wagens mit der behandschuhten Rechten aus Vorsicht umspannt, damit der Zug nicht in einem unbeachteten Moment vor seiner Nase davonfährt. Im Augenblick der Abfahrt ließ ich dann die Stange los und verwandelte mich zur größten Überraschung meiner Umgebung von einem Reisenden in einen Begleiter und winkte dem unbekannten und unsichtbaren Entschwindenden Abschied zu.

So gelang es mir manchmal, mich zu trösten. »Morgen früh wäre ich in Rom« – überlegte ich erleichtert, verließ den Bahnhof, ging in eine nahegelegene Kneipe, entspannte meine von den Ereignissen der letzten halben Stunde erregten Nerven und dachte mit Zufriedenheit daran, daß ich heute abend zu Hause in meinem sauberen Bett ruhen würde, statt die Nacht auf der Holzbank eines schmutzigen, übelriechenden Abteils dritter Klasse zu verbringen.

Ich muß die gebildeteren und vermögenden Leser um

Nachsicht bitten für derart primitive Ratschläge, die in den Augen von Menschen mit Geld vielleicht als Ausgeburt einer krankhaften Phantasie erscheinen; der Arme jedoch sammelt seine Erfahrungen wie ein Kind, das aus Seidenpapier allerlei Figuren schnipselt, stundenlang still damit spielt und glaubt, dies sei die Welt. Der Arme spielt mit der Welt, wann immer er kann und wo es ihn am wenigsten kostet.

Zum Beispiel in den Reisebüros. Wie oft habe ich mittags in Paris, zur Zeit des lebhaftesten Verkehrs, das Reisebüro von Cook an der Ecke der Rue Royale betreten und einen der intelligenter aussehenden englischen Angestellten eindringlich nach seiner Ansicht befragt, wohin ich mich vor den nebligen Wintermonaten flüchten könne. Noch heute gedenke ich mit Dankbarkeit dieser wohlerzogenen und unermüdlichen Angestellten bei Cook. Bequem über die mit Plänen bedeckten Tische gelehnt, standen sich hier nicht Angestellter und Kunde gegenüber, sondern eher zwei zum Zeitvertreib plaudernde Gentlemen; wir besprachen die Gegend, das Klima, blätterten lang und länger in den bunt illustrierten Reklameheftchen der Hotels, kehrten von Sizilien nach Korsika zurück, rechneten, addierten, notierten die Abfahrtszeiten der Züge; ich erhielt Auskünfte über Devisenfragen, einige nette Fingerzeige belehrten mich über die Sehenswürdigkeiten eines Ortes, und am Ende, meine Taschen voll mit Auskünften und Entwürfen, drückten wir uns die Hände und kamen überein, daß ich noch rechtzeitig wegen der Fahrkarten anrufen würde …

Meine Sinne waren erfüllt vom Blendwerk der weiten Welt, von Städtenamen, phantastischen Hoteladressen, vor meinen Augen flimmerte das azurblaue Meer der Reklameschriften, Seemöwen strichen über palmenbewachsene Ufer, als ich dieses lobenswerte Büro verließ und, mit reichlichem Material für eine Reise nach Sizilien versehen, durch die nebligen, winterlichen Straßen von Paris nach Hause wandelte. Das Subtilste, was uns eine Reise schenken kann, den Duft und die Betäubung der Fremde, erlebte ich in einer halben Stunde im Büro Cook, während der liebenswürdige Angestellte mich über den Unterschied in den Hotelverhältnissen Korsikas und Sardiniens belehrte. Ich wußte nun, wann das beste Schiff Livorno verläßt und wieviel ein Kabinenticket zweiter Klasse kostet, das den Reisenden auch berechtigt, sich tagsüber an Deck der ersten Klasse aufzuhalten.

Im Besitz dieses bemerkenswerten Erlebnisses wäre es geradezu leichtsinnig gewesen, tatsächlich nach Korsika oder Sizilien zu reisen und die ganze Reihe von Unbequemlichkeiten auf mich zu nehmen, die sich für den mit geringen Mitteln Reisenden unweigerlich ergeben. Meine schönsten, ungetrübtesten Reiseerinnerungen verknüpfen sich mit dem Pariser Büro Cook, wo ich periodisch je nach Jahreszeit einkehrte, wo man mich gut kannte und, wie es sich bei treuen Kunden geziemt, mit bevorzugtem Entgegenkommen und großer Geduld behandelte.

Mit wenig Geld lohnt es sich tatsächlich nicht, weit zu reisen, und wer die Welt mit dem Gefühl wirklicher Verinnerlichung zu sehen vermag, der entdeckt das Geheimnis der Fremde und des Auslands genauso in Szolnok wie in Kalkutta.

Eines Tages kam ich, von plötzlicher Reiselust getrieben, auf den Einfall, eine Forschungsreise zu unternehmen. Da ich jedoch im Augenblick nicht über genügend Geld verfügte, fuhr ich nur bis Füzesabony, eine Kleinstadt unweit von Budapest, wo ich einen unvergeßlichen Tag verbrachte und mit Material für eine größere ethnographische Studie nach Hause kam. Die Welt ist, mit gebührendem Interesse und mit Begeisterung betrachtet, überall gleich unverständlich: Der Budapester Vorort Pestszentlörincz kann uns so wundersam und fremdartig vorkommen wie Delhi. Bei der Beobachtung der vorüberziehenden Landschaft durch das Fenster der Lokalbahn vermögen wir zwischen den Örtchen Tétény und Aquincum die gleichen Erscheinungen wahrzunehmen wie im brausenden Expreß durch die unendlichen Steppen von Texas.

Man braucht während der Reise nur daran zu denken, daß überall, wo ein Schienenstrang die Gegend durchschneidet, Menschen wohnen, zum größten Teil Arme, die alle nicht wissen, weshalb sie eigentlich leben. Von diesem Blickwinkel aus betrachtet, ist jede Landschaft, durch die eine Bahn fährt, unerklärlich aufregend und interessant. So können wir noch sagen, daß sich dem Reisenden auf der Linie 6 der Straßenbahn fast genausoviel Gelegenheit bietet, Erfahrungen und Material zu sammeln, wie auf einer Forschungsreise durch Grönland.

Die Welt ist gleich weit, fremdartig und unnahbar, wo immer wir auch in sie eindringen. Zum Trost wollen wir den Armen noch sagen: Zur abenteuerlichsten Reise gehört manchmal nicht mehr als ein Umsteigbillett im Autobus. So fuhr ich einmal mit dem 3er Autobus von der Attilastraße in die Dalnokstraße, und meine seltsamen Erlebnisse auf dieser kurzen Fahrt wogen eine Reise nach China auf.

7

Wenn wir eines der geheimnisvollsten Gebiete des Lebens untersuchen wollen, das Wesen der Beziehungen zwischen Frauen und Armen, so müssen wir zunächst feststellen, daß bei diesem Abschnitt unserer Betrachtungen jede Theorie versagt. Wie wir gesehen haben, kann man den Armen lehren, ohne Geld zu reisen und sich zu kleiden, dabei sogar mit der Mode und dem Geschmack der Zeit Schritt zu halten und mit Hilfe der Umdichtung an den gehobenen Freuden des Lebens teilzunehmen; dagegen steht fest, daß es weder Umdichtungen noch Hilfsmittel irgendwelcher Art gibt, die es den Armen ermöglichen, Frauen ohne Geld zu erobern. (Wie Mommsen in seinem großen geschichtlichen Werk berichtet, gewannen schon die alten Römer die Gunst der Frauen durch Geldgeschenke.)

Ohne Geld kann der Arme vornehm, weise, fröhlich und auf seine Art und Weise sogar glücklich sein, ohne Geld kann er gesund und anspruchsvoll sein, kann als kirchlicher Würdenträger, als Militär oder als Wissenschaftler bedeutende Erfolge erzielen – nur in der Frauenwelt ist ihm, ohne entsprechende Geldmittel, jeder Erfolg versagt. Zweifellos werden sich viele Frauen und irregeführte Männer gegen die starre Formulierung dieser These mit aller Macht wehren und ihre Richtigkeit energisch bestreiten. Wir haben uns auf Angriffe dieser Art vorbereitet und sind im Besitz von Material, Argumenten, Belegen und überzeugenden Beweismitteln aus verwandten Gebieten der Literatur, und wir sind bereit, allen Angriffen zu begegnen, die es auf die Richtigkeit unserer These abgesehen haben.

Ohne Geld sind Beziehungen zwischen Armen und Frauen so undenkbar, wie, mangels eines vermittelnden Elements, das Phänomen des Schalls im luftleeren Raum. Bei dem Phänomen Liebe zwischen Mann und Frau spielt das Geld die Rolle des vermittelnden Elements. Analysieren wir die Einzelheiten dieser sonderbaren Erscheinung, so vermögen wir der starren Formulierung eines Armenkollegen, dem gründlichen Forscher und Kenner des Liebeslebens, nicht ganz beizupflichten, der auf Grund gewissenhafter Untersuchungen dieser Erscheinungen seine Erfahrungen in dem lapidaren Lehrsatz zusammenfaßt: »Frauen lieben reiche Männer, arme Männer nicht.«

Unserer Ansicht und Überzeugung nach sagt diese These zwar mit wenigen Worten viel Wahres, doch ist sie zugleich einseitig und lückenhaft. Zweifelsohne lieben Frauen nicht nur reiche Männer, sondern zeitweise auch arme, mit dem Unterschied, daß letzteren diese Liebe nicht viel Freude bereitet. Da die Frauen bekanntlich mit besonders verfeinerten Sinnesorganen gesegnet sind, die die Funktionen der Sinnesorgane eines Durchschnittsmannes weit übertreffen, so spüren sie geradezu telepathisch, wenn ein Mann kein Geld hat, und wehren sich dank ihres durchaus gesunden Instinks mit allen zur Verfügung stehenden Mitteln gegen die Annäherung des Betreffenden und machen sogar ihre Freundinnen auf die

Gefahr aufmerksam, die die Nähe dieses Mannes mit sich bringt.

Führen wir einige einfache Beispiele an, die unsere These unwiderlegbar rechtfertigen:

Nehmen wir zunächst diesen angeblich glücklichen, allgemein bekannten Fall, wenn eine verliebte Frau noch nicht sicher weiß, daß der Mann kein Geld besitzt, und meint, er habe nur vorübergehend keins, oder er habe noch keins, weil er zu jung ist, oder man habe ihn hintergangen usw. In diesem angenehmen Irrtum befangen, betört von ihren Sinnen, läßt sich die verliebte Frau vom Mann überreden und nimmt, ohne zu wissen, daß er zu den unrettbaren Armen gehört, die Einladung zu einem Abendessen zu zweit wie ein großes Opfer an. Wir wiederholen mit Nachdruck: Die Rede ist von einem idealen Fall, wo die Frau in ihrer jungen Liebe noch nicht weiß, daß der Mann arm ist, aber auch nicht will, daß er gleich bei der ersten Gelegenheit einen Betrag für sie ausgibt, der seine Verhältnisse übersteigt.

Das verliebte Paar beschließt also, zu zweit in einem »kleinen Lokal« zu speisen. Zu diesem Zweck treffen sie sich entsprechend gekleidet zur vereinbarten Zeit. Als Beweis für die Richtigkeit unserer These wollen wir zwei Tabellen aufstellen, die die Möglichkeiten des Zusammenseins eines Armen mit einer Frau beleuchten sollen, und zwar A. den glücklichen Fall, wenn die Frau den Mann wirklich liebt, und B. den normalen Fall, wenn die Frau aus materiellen Gründen mit dem Armen speist. Die Analyse dieser beiden Variationen ergibt folgende Resultate:

A.
(Aus Liebe)

Der Arme und die Frau fahren im Autobus ins Lokal	–,64
Die Frau begnügt sich mit einem Essen »zusammen«, keine Vorspeise, ein Fleischgericht, Dessert, ein Liter Sylvaner	4,–
Eine bescheidene Blume für die Frau von einer nächtlichen Blumenverkäuferin	1,–
Musik, viermal à 20 Heller, beim Verlassen des Lokals 50 Heller	1,30
Zum nächsten Café, da einzelne Fragen noch ungeklärt sind, zu Fuß. Dort zwei Mokka, zwei Aprikosengeist, Trinkgeld und Musik	4,–
Unter Alkoholeinfluß und weil kein Autobus mehr verkehrt, im Taxi nach Hause	2,–
Sperrgeld, da der Arme mit einer Frau nach Hause kommt und sich geniert	–,60
Zusammen: Pengö	13,54

B.
(Aus materiellen Gründen)

Der Arme und die Frau fahren im Taxi ins Lokal	2,–
Die Frau und der Arme essen »zusammen« eine Vorspeise, aber zwei Fleischspeisen, Käse, Obst, Gebäck	12,–
Getränke (halbe Flasche Bordeaux, zwei Cointreau, Bier, Mineralwasser)	7,–
Spielzeugverkäufer . . .	3,–
Mokka, Musik	4,–
Die Frau überredet den Mann zu Spenden an ambulante Graphologen und Zigarrenspitzenverkäufer	3,–
Blumen	3,–
Nach dem Essen im Taxi in eine kleine Bar	2,–
Im Taxi nach Hause . . .	2,–
Sperrgeld, da die Frau den Armen auch dem Hausmeister gegenüber zur Wohltätigkeit anregt	1,–
Zusammen: Pengö	39,–

Jeder Sachverständige, der sowohl die Frauenwelt wie auch die Welt der Armen einem gründlichen Studium unterworfen hat, wird der Gewissenhaftigkeit und Objektivität unserer Berechnungen beipflichten, gleichzeitig aber auch mit uns übereinstimmen, daß die Frauen gern konsumieren. Dies hat bereits dreihundert Jahre vor Christus der geistreiche griechische Lustspielautor festgestellt, der seiner Meinung über das Konsumierungstalent der Frauen kurz in folgendem Satz zusammengefaßt hat: »Dapanera physei gyne« (»Die Frau ist der Natur nach verschwenderisch« – Schopenhauers Mitteilung [Parerga und Paralipomena. Kap. XX]).

Zu dieser Tabelle, die die grundlegenden und nicht zu umgehenden ersten Ausgaben bei Anbahnung eines Verhältnisses zwischen einem Armen und einer Frau enthält, können wir sagen, daß sie versucht, auf Grund objektiver Daten die Betriebskosten einer Liebesbeziehung zu erwägen und noch dazu bei zwei ausnahmsweise günstig gelegenen Fällen, deren Zusammentreffen zu den seltensten Zufällen des Lebens gehört. Selbst so sehen wir, daß der Arme sich nur mit den größten Schwierigkeiten einer Frau zu nähern vermag, da das Unternehmen auch im günstigsten Fall die Grenzen seines Betriebskapitals überschreitet. Selbst im Fall der uneigennützigen Liebe, wo die Frau beim Abendessen keine Ansprüche stellt, ersehen wir, daß der Arme gleich bei der ersten Gelegenheit 13,54 Pengö in das Abenteuer investieren muß. Berücksichtigen wir, daß nach den Feststellungen Woytinskis (Wl. Woytinski: Die Welt in Zahlen. Berlin 1925) das Weltvermögen im Jahre 1914 tausend Milliarden betrug, von dem während des Ersten Weltkrieges verlorengingen:

a) direkte Ausgaben	260 Milliarden Dollar
b) indirekte Verluste ...	90 Milliarden Dollar
zusammen:	350 Milliarden Dollar

dann werden wir einsehen, daß aus dem übriggebliebenen Weltvermögen, welches in den letzten Jahren durch den Sturz der Rohstoffpreise und die beschränkte Aufnahmefähigkeit der Weltmärkte noch weiter abgenommen hat, wenig für den Durchschnittsarmen übrigbleibt.

Dies hat zur natürlichen Folge, daß der Arme in seinem Liebesleben mit ununterbrochenen Hemmungen kämpft und gezwungen ist, selbst seine edelsten Gefühle monatlich des öfteren zu unterdrücken. Die gleiche Investition, die im Fall der uneigennützigen Liebe den Armen gewissermaßen schon beim Austausch des ersten Lächelns auf 13,54 Pengö zu stehen kommt, erhöht sich im Standardfall, wenn die Frau die Einladung aus Eigennutz annimmt, sofort auf 39,– Pengö. Die peinlichen und plumpen Anstrengungen der schöngeistigen Schriftsteller, der Moralisten und Psychiater, die die sozialen Hintergründe der komplizierten Lage eines Armen in Liebesangelegenheiten hartnäckig bestreiten und die noch weniger zugeben wollen, daß es sich a priori um eine rein finanztechnische Frage handelt, zum Teil auch versuchen, mit biologischen Gründen dieses Elend im Liebesleben von neun Zehnteln der Menschheit zu erklären – diese Bemühungen lösen bei jedem Sachverständigen, der am eigenen Leib erfahren hat, was es heißt, ohne Geld verliebt zu sein, energischen Protest aus.

Wir wissen sehr gut, daß die Frauen, von offenbar geldlosen Philosophen mit grundloser Herablassung als

»sexus sequior« bezeichnet, in ihrer großen Mehrheit viel zuviel Geschmack besitzen, um von einem Armen, den sie lieben, Geld zu verlangen. Im Grunde genommen sind die Frauen viel feinfühliger und besser, als man glaubt. Andererseits ist es nicht zu übersehen, daß sie selbst im verliebten Zustand gern konsumieren. Offensichtlich handelt es sich hier um ein unbewußtes, instinktmäßiges Tun – gleich dem Honigsammeln der Bienen –, vielleicht sogar gegen ihren Willen und gegen ihre bessere Einsicht. Es scheint fast so, als glaubten sie – dank ihrer verfeinerten Sinne –, mit dem gesteigerten Konsum eine nationalökonomische Pflicht zu erfüllen.

Ein Kenner des Liebeslebens der Armen umschrieb mit folgenden poetischen Worten diese Erscheinung: »Die Frauen sind wahrlich mit Blumen bedeckte Gefäße.« Diese Definition ist dichterisch und vornehm, dabei sehr treffend: Die Frauen sind tatsächlich kunstvoll gearbeitete Gefäße, die man ununterbrochen mit Geschenken füllen soll, mit einem edlen und kostspieligen Inhalt, um sie sodann mit duftigen Blumengebinden zuzudecken. Die Frauen ziehen die Geschenke förmlich an, selbst die bescheidensten, und können mit einer solchen Grazie und Liebenswürdigkeit, vor allem aber mit solcher Regelmäßigkeit, Gaben entgegennehmen, als handelten sie auf eine höhere Eingebung. Selbst wenn sie offensichtlich verliebt sind, versuchen sie auf irgendeine Weise, ihrem armen Freund einen neckischen kleinen Schaden zuzufügen, drücken etwa vor Verlassen der Wohnung schnell noch die Zahnpasta aus der Tube oder schneiden in ihrem Übermut mit der Nagelschere konzentrische Ringe in die Socken des Unglückseligen.

Ohne zu überlegen, zerstören sie mit spielerischen

Manipulationen die Warenvorräte der Welt und ermuntern so den Armen zum Kauf von allen möglichen Verbrauchsgütern; darin besteht ihr unfreiwilliger kleiner Beitrag zur Bekämpfung der allgemeinen Absatzkrise. Sie sind erfinderisch im Verbrauch, und ihre Einfälle sind von mannigfaltiger Natur.

Als wir zuvor auf Grund genauer Berechnungen mit 39,– Pengö den Anfangsbetrag angegeben haben, den der Arme sozusagen schon beim Austausch des ersten Lächelns für die geliebte Frau, die aus Eigennutz mit ihm zu Abend ißt, auszugeben gezwungen ist – unsere Berechnung hält ohne Rücksicht auf die Wertbeständigkeit der Valuten auch in der internationalen Relation stand –, haben wir dem »Eigennutz« eine so zahme, alltägliche und harmlose Deutung vorausgesetzt, daß sie in der Praxis schon fast der Liebe gleicht. Die Frau, die aus Eigennutz den Abend mit dem Armen verbringt und alles in allem nur Pengö verkonsumiert, bedauert eigentlich den Armen und erlaubt ihm aus Pflichtbewußtsein wohlwollend und rücksichtsvoll, das Geld auszugeben. Gleich dem Virtuosen, der zur eigenen Unterhaltung mit einem Finger auf dem Klavier klimpert oder mit einer Hand eine abgedroschene Etüde übt, so gibt die Frau eher zum Zeitvertreib und aus Langeweile einer Kaprice nach, indem sie das aus Eigennutz verzehrte Abendessen auf einem so billigen Niveau läßt.

Die Fähigkeit der Frau zu konsumieren ist nämlich grenzenlos. Meistens konsumiert sie ganz unbewußt, ohne jeden materiellen Hintergedanken. Die Frau sieht es gern, wenn der Arme ihr Blumen, Bilder und Bücher kauft, also lauter Dinge, die im Auge einer Frau keinerlei Wert und auch keinerlei praktische Bedeutung besitzen.

Sie kann sich aber auch darüber freuen, wenn der Arme Chauffeuren, Kellnern, ja sogar wildfremden Menschen, die berufsmäßig andere anpumpen, sowie Schmarotzern Geld gibt – sie freut sich nicht sosehr aus Gutherzigkeit, sondern eher aus dem Gedanken heraus, daß es richtig ist, wenn sich ein Mann in der Gesellschaft einer Frau ununterbrochen in Unkosten stürzt.

Meiner Beobachtung nach hellt sich selbst in relativ tragischen Situationen ihre Stimmung auf, sobald der Mann ihr ein Geschenk überreicht. Die Literatur jeder Epoche kennt und bezeugt dieses Phänomen. (Casanova gesteht in seinen Memoiren, daß es ihm in seiner abwechslungsreichen »Eroberer«-Karriere nicht ein einziges Mal gelungen ist, die Gunst einer Schönen ohne Geschenke zu gewinnen. Einer kleinen Turiner Jüdin zum Beispiel mußte er Pferde und Juwelen kaufen, bevor es ihm gelang, sie zu gewinnen; die gleiche Erfahrung machte er jedoch auch bei französischen, holländischen, deutschen und Schweizer Frauen.)

In der Annahme der Richtigkeit von Woytinskis Berechnungen über das Weltvermögen fällt uns sofort in die Augen, daß dem einzelnen Armen, dem vom Weltvermögen ja nur fünfzig Heller zukommen, wenig Möglichkeit gelassen wird, sich Frauen zu nähern. Die allgemeinen Erwerbsverhältnisse gestatten dem Armen kaum den Luxus, Frauen zu huldigen. Hieraus ergibt sich, daß der Arme nur wenig von Frauen wissen kann, da er sie nicht kennt. Die einzige Entschädigung, die er ihnen an Stelle von Geld zu bieten vermag, ist sein Name und seine Hand, die die Frauen meist auch annehmen.

Der Arme lernt die Frau nur im Rahmen der Ehe kennen und ist im Besitz dieser Kenntnisse geneigt, daraus allgemeine Schlüsse abzuleiten; diese Schlüsse sind meistens falsch und bedauerlich unklar. Der Arme kennt die Frauen nur vom Hörensagen, ebenso wie zum Beispiel Australien. Meistens stellt er sich die Frauen als einen exotischen Volksstamm vor, mit merkwürdigen Sitten, mit Federputz und bunt bemalt, mit eigenen Gesetzen, ja sogar mit eigenem Sprachschatz; in Frauengesellschaft überkommt ihn ein sonderbares, beengendes Gefühl, als hätten die von den Frauen gebrauchten Ausdrücke eine vom Alltäglichen abweichende Bedeutung. Wenn der Arme das Wort »Stern« ausspricht, so ist die Antwort, die er von der Frau erhält, so überraschend verständig, daß er meistens gleich verstummt. Die Armen kennen die Frauen kaum. Der Beweis ist die allgemein feststellbare Tatsache, daß sie infolge ihrer lückenhaften Kenntnis schnell und gern heiraten.

Wenn der Arme durch einen an Wunder grenzenden Zufall, etwa durch eine Erbschaft, vorübergehend in die Lage versetzt wird, mehrere Frauen aus nächster Nähe kennenzulernen, so fühlt er sich wie ein Forscher, der mit seiner Expedition endlich vordringt in ein geheimnisvolles Erdgebiet, über das er schon viel gelesen hat und wo er urplötzlich ganz andere, seinen Buchkenntnissen widersprechende Verhältnisse antrifft. Bei den Frauen überraschen ihn vor allem ihre Klugheit, Güte, ihr Geschmack und ihre Vornehmheit – die Grundlagen ihres Charakters.

Die Frauen sind viel besser, als verheiratete Arme es sich im allgemeinen vorstellen. Ihr Verständnis jedem menschlichen Elend gegenüber ist aufrichtig und kommt von Herzen; für minimale Beträge, die den Wert der dafür gebotenen Gegenleistungen gar nicht aufwiegen, sind sie zu sämtlichen Variationen des Trostes, der Hingabe, der wohltätigen Opferbereitschaft und der Anhänglichkeit fähig. Das Märchen von der »treulosen« Frau haben die Ehefrauen armer Männer als abschreckendes Beispiel erfunden; wenn der Arme mit Frauen in direkte Berührung kommt, so wird er von ihrer Anhänglichkeit sehr überrascht.

Wie so manchen Irrglauben, so hat die Literatur auch die Legende verbreitet, die Frauen seien herzlos, und wenn sie sich für Geld jemandem hingeben, sagen wir einem Großhändler – diese peinliche Verirrung kommt sporadisch, aber dennoch vor –, so tun sie es unbeteiligt und mit geschlossenen Augen, nebenbei verachten sie den Großhändler aus tiefster Seele und denken an einen armen jungen Mann, der unten an der Straßenecke wartet und den sie lieben.

In Wahrheit sind Frauen einer solchen Gemeinheit nicht fähig. Mehrere Frauen haben mir gestanden, daß sie für Männer, die sie bezahlten, sofort Liebe empfanden und sich ihnen auch aus Liebe hingaben. Schlechte Romane, besonders die unwahren psychologischen Romane des 19. Jahrhunderts, zeichneten ein falsches Bild der Frauenseele. Die Frauen sind aufrichtig und heldenmütig ehrlich in ihrer Liebe, sie zahlen das Gute mit Gutem heim und verhalten sich, sowohl in der Ehe wie auch außerehelich, zart und temperamentvoll jenen Männern gegenüber, die sie entschädigen, denn so gebietet es ihnen ihr edles – und fast möchte man sagen ritterliches Gefühl der Ehre.

Minder bewanderte Arme, Moralisten und verheiratete Frauen werden sich darüber empören, daß unser kleines Werk solch niedrigen und verächtlichen Mitteln wie dem Geld in den Beziehungen zwischen Mann und Frau eine so entscheidende Rolle beimißt. Viele werden es als eine wenig ritterliche und nicht eben vornehme Methode brandmarken, wenn jemand zum Zweck wissenschaftlicher Untersuchungen ausrechnet, wieviel das erste Abendessen mit einer geliebten Frau kostet, und bei der Analyse des Phänomens Liebe derartigen engherzigen Beobachtungen überhaupt Platz gibt.

Solche Anschuldigungen treffen uns nicht, denn wir können bei der Verteidigung der objektiven wissenschaftlichen Forschungen auf abstrakte Wahrheiten nicht verzichten, und diese Wahrheit sieht in der Praxis so aus, daß das Liebesproblem der Armen an erster Stelle eine Geld- und an zweiter eine Wohnungsfrage ist. Wer dies bestreitet, war noch nie arm oder noch nie verliebt – und sicherlich nicht beides auf einmal.

Im Besitz von Geld ist die Wohnungsfrage nebensächlich; andererseits ist es eine eigentümliche, jedoch häufig zu beobachtende Erscheinung, daß der Arme selbst in Ermangelung von Geld, jedoch im Besitz einer entsprechenden Wohnung, ziemlich ungestört zu den Freuden der Liebe gelangt. Es berührt mich schmerzlich, die Liebe nicht aus der erhabenen idealistischen Perspektive des Romanschriftstellers betrachten zu können, wie es ihr eigentlich zusteht. Das Lächeln des Eros halten wir sehr wohl für geeignet, das trübe menschliche Schicksal mit Licht und Sonnenschein zu vergolden, doch können wir die Beobachtung nicht verschweigen, daß Eros nur dann von ganzem Herzen und selbstvergessen lächelt, wenn er weiß, daß er für sein Lächeln später einmal zartfühlend entschädigt wird. Möglich, daß es Zeiten gab – das Goldene Zeitalter –, da Eros selbstlos, aus schierer guter Laune lächelte. Der Verfasser dieser Zeilen kennt jene Zeiten nur aus Ovids Gedichten.

Die Diagnostiker der Liebe halten die Wohnungsfrage für einen nebensächlichen Faktor. Ihr Irrtum fällt geradezu aufreizend ins Auge, und ihr Leugnen ist dazu noch unaufrichtig. Die wenigsten Armen verfügen, in Tibet ebensowenig wie in der ungarischen Provinzhauptstadt Kecskemét, über jene sechzig Pengö, die in der ganzen Welt notwendig sind, um sich mit der Auserwählten in einem annehmbaren möblierten Monatszimmer zu treffen. Der Arme ist gezwungen, dies in viel billigeren Quartieren zu tun, und es wäre auf Grund gewissenhafter Untersuchungen ein dankbares Thema, den Zusammenhang zwischen der Wohnungsfrage und den Liebestragödien unserer Zeit einem eingehenden Studium zu unterwerfen.

Die Orte und Gelegenheiten, an denen der Arme dem edelsten Gefühl der menschlichen Seele, der Liebe, meist Ausdruck zu geben gezwungen ist, glänzen geradezu von erniedrigender Geschmacklosigkeit und sind praktisch so ungeeignet zu diesem Zweck, daß Eros, statt zu lächeln, in gewissen Augenblicken sein Gesicht in den Händen vergräbt und weint. Die Kulissen des Liebeslebens eines Armen sind so traurig, die Bühne, auf der sich die ewige und ideale Auseinandersetzung abspielt, ist meist nur durch dünne Wände und schalldurchlässige Türen vom Nebenzimmer getrennt, wo sich im erhabenen Augenblick fremde Menschen aufhalten und diese ewige Auseinandersetzung belauschen. Der Arme, dem die Gnade Eros' die Fähigkeit zur Liebe verliehen hat, vermag diese beglückende Gabe nur selten ungestört zu genießen.

Psychiater, die ihre an erotischen Komplikationen des Seelenlebens leidenden Patienten mit sonderbaren und den Kern der Dinge weit umgehenden Fragen quälen, würden sich empört dagegen verwahren, wollte jemand ihnen sagen, daß man die meisten erotischen Komplexe unserer Zeit mit sechzig bis achtzig Pengö monatlich restlos austreiben könnte, denn soviel kostet bekanntlich die Miete eines möblierten Zimmers mit Separateingang. Unabhängig von ihrem Protest bestehen wir auf unserer Ansicht, die durch praktische Erfahrungen belegt ist, daß das Liebesproblem unserer Zeit mehr denn je mit der Lösung der Wohnungsfrage zusammenhängt.

In einem der vorangehenden Kapitel erwähnten wir bereits, daß Frauen keine richtigen Armen sind; aber selbst wenn sie zum Armenstand gehören, fühlen sie sich viel lebensnäher und erfreuen sich ihres Lebens mit mehr Eleganz und intensiverem Genuß als der Vorstand eines Waisenamts auf dem Gipfel seiner Karriere oder selbst im siegreichsten Augenblick seines Lebens. Sie sind wie gewisse Alpenpflanzen, die selbst auf kahlen Felsenwänden Wurzeln schlagen und unter trostlosen Lebensbedingungen gedeihen und Blüten treiben. Versetzen wir eine sogenannte arme Frau in das Leben eines armen Mannes, und mit Überraschung werden wir bemerken, wie die Frau sichtlich aufblüht und sich im Verhältnis, wie der Mann verkümmert, desto üppiger entfaltet.

Frauen wissen viel mehr vom Leben als die Männer und verachten instinktiv die Armut. Es ist sehr interessant, bei Persönlichkeiten der Geschichte zu beobachten, mit welch zäher Hartnäckigkeit Frauen ihre Männer, in die sie sich trotz deren Armut verliebt haben, aus der Armut heraushoben. Hinter wirklich großen Karrieren steht immer eine Frau, die den Gedanken nicht ertragen konnte, daß der Erwählte ihres Herzens zu der Kategorie der Armen gehört; sie sieht dabei nicht so sehr die Herabsetzung des Mannes, sondern ihre eigene, und sie will nicht so sehr aus ihrem Mann einen General machen, als vielmehr sich selbst im Widerschein dieser aus Liebe errungenen Laufbahn sonnen. Frauen verschwenden so viel Ehrgeiz auf die Karriere ihrer Männer, daß man mit der gleichen Kraft Brücken bauen oder Turbinen mit Triebkraft speisen könnte; doch beschäftigen sich Frauen mit derlei Bagatellen nicht.

Es versteht sich von selbst, daß nur die Reichen die Frauen wirklich kennen. Der reiche Mann und die Frau sind so füreinander geschaffen und ergänzen sich in solch vollkommener Harmonie, daß in ihren gegenseitigen Beziehungen ein Mißverständnis gar nicht aufkommen kann. Der reiche Mann weiß, daß eine Frau, die er entschädigt – meist für Schäden, die er nicht verursacht hat –, sich ihm gegenüber, den sie nicht liebt, viel hingebungsvoller und aufrichtiger verhält als einem armen Mann gegenüber, den sie liebt, der jedoch nicht in der Lage ist, sie zu entschädigen.

Die wirkliche Leidenschaft einer Frau kennt nur der Reiche. Für den Armen hegen die Frauen im allgemeinen nur mütterliche Gefühle wie Zärtlichkeit, Nachsicht und Güte; mit ihrer Leidenschaft beschenken sie den Reichen, oder besser gesagt, sie opfern auf dem Altar der heidnischen, machtvollen Gottheit, die die Welt regiert und die sie hinter der Erscheinung des Reichtums vermuten. Aus Rücksicht auf die allgemein bekannten Charakterzüge der Reichen, Knausrigkeit und Vorsicht, sind die Frauen gezwungen, ihre Feldzüge ununterbrochen offensiv zu führen, und dies mit gutem Grund, da sie im Kampf um ihre Existenz im wahrsten Sinne des Wortes ihre Haut zu Markte tragen. Die Frauen gebären, erziehen und pflegen die Armen, und darum verehren wir die Frauen. Sie hingegen schenken den Reichen die Lust, und darum sehnen wir Armen uns nach den Frauen mit unstillbarem Neid.

In der Welt der Armen ist die Liebe durchglüht von der quälenden Vorahnung der Hoffnungslosigkeit aller Bemühungen um den Besitz der Frau. Darum ereignen sich bei den Armen so häufig Liebestragödien. Der Arme weiß sehr wohl, daß er, solange es Reiche in der Welt gibt, die Frau nie restlos besitzen wird, denn es fehlen ihm im Kampf um das Weib sozusagen die ebenbürtigen Waffen.

Das Wunder des Weiterbestehens der menschlichen Rasse im Zeitalter unserer Zivilisation ist vorzugsweise durch das mit Mitleid vermengte Wohlwollen begründet, welches die Frauen, sogar gegen ihre bessere Einsicht, manchmal den Armen gegenüber befällt. Um der Wahrheit gerecht zu werden, wollen wir aber auch feststellen, daß die Frauen, die nicht nur viel intelligenter, sondern auch urwüchsiger sind als die Männer, sich bis zur äußersten Grenze der Möglichkeit davor hüten, der Verführung durch Mitleid nachzugeben; und sie finden sich erst dann bereit, ihr Herz einem Armen zu schenken, wenn die Zeit oder drückende wirtschaftliche Verhältnisse sie zwingen. Ihr Handeln ist ebenso grundgesund wie moralisch.

Die Legende vom Glück im Winkel haben nicht die Frauen erfunden und auch nicht weiterverbreitet, sondern die armen Männer. Schon seit Jahrtausenden hören sich die Frauen die werbenden Floskeln des Mannes mit

Mißtrauen an und geben nur im äußersten Notfall ihre Einwilligung.

Wir kennen nur einen Faktor, der es dem Armen in Ermangelung von Geld ermöglicht, sich die Gunst der Frauen zu erschmeicheln: die Zeit. Sie gleicht einer wertbeständigen Geldnote, die mit sämtlichen Edelvaluten der Welt konkurrieren kann. Eines der Rätsel im Seelenleben der Frau ist die Tatsache, daß sie die Zeit, die ein Mann für sie verschwendet, genauso als Geschenk betrachtet und auch so einschätzt wie ein Perlenkollier oder eine große Note der Bank von England.

Die Frau sieht es gern, wenn der Mann ihr Opfer bringt; der Arme aber vermag nur eines zu opfern: seine Zeit. Der Arme stiehlt sogar meist die Zeit für die Frau. Die Frau hört dem Armen nur zerstreut zu, wenn er ihr Vorträge über den Kategorischen Imperativ oder über die Atomzertrümmerung hält; denn, wie wir schon früher ausgeführt haben, sie interessiert sich nicht für Bagatellen. Die vom Mann verschwendete Zeit jedoch betrachtet die Frau als wirkliches Geschenk, und es kommt ganz selten vor, daß sie eine reichliche Zeitverschwendung nicht belohnt. Vielleicht deshalb, weil nur die Frauen den wahren Wert der Zeit kennen, vielleicht auch, weil sie wissen, daß der Arme sein höchstes Gut opfert, wenn er seine Zeit für eine Frau verschwendet.

Der Arme, der über etwas Bargeld, eine entsprechende Wohnung und über reichlich freie Zeit verfügt, ist, selbst Reichen gegenüber, ein nicht zu unterschätzender Konkurrent. Diese drei Komponenten finden sich jedoch so selten bei einem Armen, daß es sich gar nicht lohnt, den Armen in der Praxis als ernsten Konkurrenten anzusehen.

Im primitiven Zeitalter, ebenso wie in den verflossenen Kulturepochen, betrachtet die gesunde Frau eher den vermögenden Greis als geeigneten Liebespartner als den jungen Mann, dessen männliche Anziehungskraft durch dürftige materielle Mittel in ihren Augen stark verringert wird.

Die Frauen wittern beim Manne die Armut wie der Einsiedler die Sünde. Du kannst der Frau Liebe, Treue und Glück vorschwindeln, aber es ist unmöglich, ihr vorzumachen, daß du Geld hast. Geld spüren sie selbst bei geschlossenen Augen, und gleich dem Rutengänger erbeben sie beim Herannahen an edle Metalle.

Dies ist eine achtunggebietende Eigenschaft und gleichzeitig auch der Grund, warum sich die Stellung des Armen zur Frau seit ewigen Zeiten fast hoffnungslos gestaltet.

8

Seit Urzeiten hegen die Reichen den Verdacht, daß die Armen von Natur aus faul sind und ungern arbeiten. Diesem althergebrachten Glauben gaben sie bereits im Altertum Ausdruck. Schon im 14. Jahrhundert v. Chr. war Pharao Amenophis IV. gezwungen, seine Leibeigenen mit der Peitsche zu fleißigerer Arbeit anzuspornen. So handelten auch Ramses I. und II. wie auch Sethos I. und der aus der äthiopischen Dynastie stammende Taharka. Diese hervorragenden Pharaonen und Könige ließen von Zeit zu Zeit ihre Untertanen, die sonst nicht arbeiten wollten, auspeitschen.

Später waren es die assyrischen Könige, vor allem der berühmte Tiglatpileser III., der seine ärmeren Untertanen, die ohne Schläge ihrem König die Arbeit verweigerten, regelmäßig prügeln ließ. Merodachbaladan II., einer der bedeutendsten babylonischen Könige, ebenso wie der König der Könige, Nebukadnezar II., der 587 v. Chr. mit seinen Heeren Jerusalem eroberte und die Juden in die Gefangenschaft trieb, waren gezwungen, die Ohren ihrer Untertanen abzuschneiden, damit sie fleißiger arbeiteten.

In allen geschichtlichen Perioden finden wir Spuren solcher ermunternden Handlungen der großen Könige und überhaupt der Mächtigen der Welt, die sie anwandten, um den Armen die Faulheit auszutreiben. Die Bilderschriften, die Hieroglyphen und die Keilschriften übermitteln uns alle die Nachricht, daß die Armen schon im Altertum nur unwillig arbeiteten und daß sie die Pyramiden und Tempel, die noch heute von den Reichen auf ihren Reisen in die Wüste bewundert werden, ohne jede Begeisterung erbauten. Die großen Bauherren, die Könige und Feldherren, spornten durch ihre peitschenbewaffneten Aufseher die Armen des Altertums zur Arbeit an, obwohl diese sich, sobald die Aufmerksamkeit des Aufsehers erlahmte, am liebsten auf einen Steinhaufen gesetzt, Zwiebeln gekaut und dem lieben Herrgott den Tag gestohlen hätten. Darum verzeichnen auch die assyrischen Gesetzestafeln strenge Strafen gegen die gemeingefährlichen Arbeitsscheuen.

Eine durch Schuldbewußtsein ausgelöste schleichende Spannung charakterisiert bereits im Altertum das Verhältnis der Pharaonen zu den Armen. Natürlich verspürten nicht die Pharaonen das Schuldbewußtsein, es lag ja kein Grund dazu vor – denn hochherzig, wie sie waren, trieben sie die nichtstuende Menschheit zu unsterblichen Taten an –, sondern die Armen waren von Gewissensbissen gequält, weil sie nicht genügend arbeiteten. Diese krankhafte Faulheit der Armen kann epidemisch auftreten, und es kommt vor, daß Hunderte Millionen von Menschen arbeitslos herumlungern.

In China und überhaupt im Fernen Osten arbeitet die Hälfte der Bevölkerung nicht richtig, sondern tut nur so. Vor gar nicht so langer Zeit hat man auch in Europa Ähnliches beobachtet, ja, sogar in Nordamerika, wo, nach den letzten Berechnungen, 25 Millionen Menschen mit den Händen im Schoß feierten. Ihre mit großem Tamtam aufgezogenen Scheinproteste, nach denen sie zwar Arbeit suchen, aber keine finden, können die Machthaber der Welt nicht täuschen, denn diese wissen sehr wohl, daß den Armen, vom Straßenbau bis zur Aufforstung der Sahara, unbeschränkte Arbeitsgelegenheiten zur Verfügung stehen, die sie mangels einer besseren Beschäftigung ergreifen könnten.

Darum waren die Beziehungen der Armen zu den Pharaonen bereits im Altertum vom bösen Willen geleitet. Das Mißtrauen der Armen verschleierte gewissermaßen nur ihren natürlichen Urinstinkt, die Faulheit, dabei übersahen und unterschätzten sie die Bedeutung des Opfers, das ihre Arbeitgeber bei der Einführung des Arbeitszwangs auf sich nahmen.

Es war schwierig, die Armen des Altertums davon zu überzeugen, daß die spekulationslose Arbeit, die Arbeit als solche, dem Menschen das höchste Glück der Welt zu bedeuten vermag und daß zwölf Stunden schwere Feldarbeit pro Tag auf einem nicht einmal ihm gehörenden Gut am Ufer des Nils eine der größten Gnaden ist, mit dem die Götter den Menschen auf Erden beschenkt haben; dem Tier etwa wird diese Gnade nur selten zuteil. Die Unterschiedlichkeit, mit der die Pharaonen und ihre armen Untertanen die Arbeit bewertet haben, könnte man mit dem philosophischen Fachausdruck »ewiger Dialog« bezeichnen; er ist heute ebenso laut und aktuell wie zur Zeit Merodachbaladans II. Die Abfassung der dialektischen Fragen ist heute vielleicht präziser, die Urthesen des Dialogs jedoch sind die gleichen.

Die sonderbare Neigung des Armen zur Arbeitslosigkeit habe ich an mir selbst beobachten können, und wie bei den meisten Armen, so ist die Faulheit auch einer der

Charakterfehler des Autors dieses Buchs. Mein Abscheu vor einer Arbeit, von der ich weiß, daß sie mir keine besonderen Resultate einbringen kann, wurzelt so tief in meinem Wesen, daß ich, um ihn zu verschleiern, gezwungen bin, allerlei eigentümliche Verfahren anzuwenden. Von dem Gedanken ausgehend, daß meine Faulheit unbemerkt bleibt und daß man mich mehr oder weniger in der Gemeinschaft duldet, verberge ich meine tiefe, fast grenzenlose Faulheit – allerdings gegen meine bessere Einsicht und meinen Geschmack – meist mit gesteigerter, angestrengter Arbeit. Diese bewährte Methode beobachtete ich auch bei anderen Armen.

Die Arbeitslosigkeit, die man als Krebsübel der menschlichen Gesellschaft zu bezeichnen pflegt, bedeutet für die meisten Armen in Wirklichkeit keinen außergewöhnlichen Zustand und auch in ihren Auswirkungen keine unbekannte, vom Urzustand auffällig abweichende Lage, wie es die Volkswirtschaftler im allgemeinen glauben und nachweisen.

Die Arbeitslosigkeit trifft nur eine dünne Schicht der Gemeinschaft der Armen empfindlich, der Lebensstandard der großen Massen verändert sich, gleichgültig, ob sie Arbeit haben oder nicht, in Wirklichkeit nur wenig. Ein chinesischer Kuli oder der Tagelöhner auf einer brasilianischen Kaffeeplantage, ein ägyptischer Fellache, ein farbiger Straßenbauarbeiter aus Dakar oder ein bretonischer Fischermatrose – sie alle besuchen die Oper nicht öfter, wenn sie Arbeit haben, sie kaufen nicht häufiger einen elektrischen Heizofen oder einen Radioapparat für Kurzwellen, sie reisen, lernen, zerstreuen und kleiden sich genau gleich zu Zeiten der Arbeit wie im arbeitslosen Zustand.

In den Kochtöpfen der Armen schmoren die gleichen verdächtigen Speisen, ob sie nun arbeiten oder nicht. Mit ihrer Lungentuberkulose können sie nicht nach Davos und mit einer Nierenerkrankung nicht nach Heluan fahren, ebensowenig gelangen sie mit ihrer Nervenkrankheit zum Neurologen; ihre Kinder tragen die gleichen dürftigen Kleidchen, ob sie Arbeit finden oder arbeitslos sind.

Die Großstadtarmen leiden zweifelsohne unter der Arbeitslosigkeit und sind dann gezwungen, ihren Lebensstandard zu reduzieren; der große Durchschnitt der Menschheit, die Massen Tibets, Chinas und Indiens, die Urbewohner Australiens, die mexikanischen Tagelöhner, die Hunderte Millionen afrikanischer Eingeborenen – sie alle leben gewissermaßen in einem Übergangsstadium zwischen Arbeitslosigkeit und Arbeit, in ständiger primitiver Beschäftigung, die man praktisch nicht mit dem Wort Arbeit bezeichnen kann; immer gleich anspruchslos, gleich versorgt oder unversorgt, ohne Rücksicht auf das Fallen oder Steigen des englischen Pfunds an der New Yorker Börse.

Von den zwei Milliarden Menschen, die die Erde bevölkern, handelt es sich bei anderthalb Milliarden um Wesen, für die die »wirtschaftliche Krise« ein so chronischer, seit gut zehntausend Jahren bekannter und vertrauter Begriff geworden ist, daß die meisten sie nicht einmal mehr eines Wortes würdigen. Die großen Wirtschaftsprobleme, die die Verantwortlichen der Welt gegenwärtig in erhöhtem Maße beschäftigen, haben, vom Standpunkt der Armen aus, schon längst ihre Lösung gefunden. Und ich wiederhole: Dabei ist es ganz gleich, ob die Armen Arbeit haben oder nicht.

Es ist eine altbekannte Tatsache, daß die Armen nicht

nur faul, sondern auch gefräßig und obendrein Feinschmecker sind. Sie sind viel größere Feinschmecker als die Reichen, denn die meisten von ihnen geben einen großen Teil ihres Einkommens für Essen, für Brot, Zwiebeln und Naschwerk aus, im Gegensatz zu den Reichen, die nur einen winzigen Bruchteil ihres Einkommens verprassen. Die meisten Armen sind sogar so gefräßig, daß sie ihren ganzen Verdienst einfach aufessen.

Dem Reichen ist eine so brutale materielle Gier unverständlich, und Ford, Dupont oder Morgan werden es nie verstehen können, daß es einen geheimen Befehl gibt, der dem wirklich gefräßigen Menschen – wie es viele Arme sind – gebietet, sein ganzes Vermögen von früh bis abends zu verzehren. Wirklichen Gourmands bin ich nur zwischen Armen begegnet.

Selbst im Traum konnte sich Rabelais nicht so tüchtige Esser vorstellen, und Gajus Petronius konnte in seinem Schelmenroman »Cena Trimalchionis« keine so begeisterten Feinschmecker beschreiben, wie ich sie in Frankreich in den niederen Volksklassen, etwa bei Hausmeistern, Zinngießern und Flickschustern, beobachten konnte. Wenn die Armen essen, dann essen sie auf Leben und Tod. Die geschwätzigsten Menschen verstummen während des Essens. Sie geben sich dem Essen mit so viel Andacht, so in sich versunken hin, als fürchteten sie, die einzige Gelegenheit, mit der Welt in Berührung zu kommen, zu versäumen. Nur die raffiniertesten Schlemmer, die die Welt mit ihren Werken über die Gastronomie beschenkt haben, schätzen die Zusammensetzung und die Zutaten der Speisen in so hohem Maße wie die Armen. Es ist eine wirkliche Freude, die Armen beim Essen zu beobachten: Das Brot, der Speck, alles gewinnt in den Händen der

Armen seine Urbedeutung wieder, verwandelt sich in die Ursubstanz, in den Ursprung allen Lebens.

In keiner anderen Beziehung vermag sich der Arme so ungestört auszuleben wie im Essen. Die Armen sind, gleich dem Marquis de Cussy, Grimod de la Reynière und Brillat-Savarin, die überzeugtesten Anhänger des reinen materiellen Genusses, dem Genuß des Essens. Ihre Gedankenwelt wird von der Wiege bis zum Grabe von der Beschaffung guter Bissen beherrscht. Wir preisen das Essen, denn der gedeckte Tisch ist das einzige Paradies, dem der Arme sich nähern kann. Schon der Gedanke an Nahrung erfüllt ihn mit unsagbarer Freude. Wie ausgewechselt, auf eine halbe Stunde erlöst von der drückenden, dumpfen Atmosphäre seines täglichen Lebens, mit glänzenden Augen, geradezu verschönert nehmen die meisten Armen am gedeckten Tisch Platz. Viele von uns sind nur bei Tisch wahrhaftig und von Herzen gut; im Bett oder im öffentlichen Leben ist es schon viel schwieriger, gut zu sein.

Man hat das Gefühl, daß es sich beim Reden über Tafelfreuden schicken würde, den Sprachschatz großer Meister des Wortes zu Rate zu ziehen, um für die Armen richtige Worte zum Lob des Essens zu finden. Ich persönlich kann mich in meinem in Armut verbrachten Leben an keine andere Gelegenheit erinnern, bei der ich mit so viel uneigennützigem gutem Willen der Welt und meiner Mitmenschen gedacht hätte wie während des Essens.

Über die Kochkunst hat man – zu Unrecht – bei weitem nicht so viele Bücher geschrieben wie über die Liebe, vielleicht weil sie aus Büchern nicht erlernbar ist, vielleicht auch, weil die Menschen aus falscher Scham die Tafelgenüsse weniger hochschätzen als die schmerzhaft glücklichen Freuden der Liebe. Die Bücher Brillat-Savarins und der anderen erwähnten Lebensphilosophen geben dem Armen nur wenige nützliche Fingerzeige; die Gastronomie ist eine höchst komplizierte und kunstreiche Wissenschaft, die uns beispielsweise in allen Einzelheiten lehrt, warum es richtiger ist, die Krammetsvögel über Kerzenflammen zu braten und nicht am Spieß über offenem Feuer. Derlei kleinliche Verirrungen des Geschmacks interessieren die armen Feinschmecker nicht.

Der Arme freut sich meistens nicht über das, was er ißt, sondern einfach über die Tatsache, daß er überhaupt ißt. Er macht sich über eine Handvoll ranziger Speckgrieben mit einer Andacht her, die fast rührend wirkt. Ich erinnere mich an Fleischspeisen und Geflügel, die mich in gewissen Augenblicken mit dem Gefühl der Zwecklosigkeit unserer Existenz fast versöhnten. Während des Essens sind meine Sinne aufs höchste angeregt, und ich bin in diesem Augenblick ausschließlich gehobenen und edlen Gedanken der Vergebung zugänglich. Während der Mahlzeit vergebe ich nicht nur meinen Feinden, sondern auch, was noch viel schwieriger ist, meinen Freunden und meinen Lieben.

Der Arme lebt nur in den Augenblicken der Mahlzeit eine menschenwürdige Existenz. Wer dies nicht versteht, verdient nicht zu leben oder leidet an einer schlechten Verdauung. Welche Ratschläge können wir dem Armen im Zusammenhang mit dem Essen erteilen? Von den etwas verdächtig klingenden umständlichen Theorien Brillat-Savarins vermögen wir nur ein grundlegendes Gesetz einzuhalten, welches das Geheimnis aller irdischen Freuden, so auch des Essens, in sich birgt: »Schnell und gierig zu essen ist eine der größten irdischen Sünden.«

Sonst kann man die Ratschläge des Bürgermeisters der Stadt Belley so ziemlich beiseite lassen, der unbekümmert um die Französische Revolution, um die Napoleonischen Kriege und die Restauration ruhig weiteraß, über den aber sein Zeitgenosse, der Marquis de Cussy, einer der feinsten Gourmets der Epoche, lediglich verzeichnete: »B.-S. aß reichlich und gegen alle Regeln; in der Zusammenstellung der Speisenkarte besaß er wenig Invention, die Tischkonversation führte er schwerfällig, und nach dem Essen sank er erschöpft in sich zusammen.« Nebenbei verstand er nicht viel vom Trinken, wie es auch sein Buch an manchen Stellen verrät. In seinen letzten Lebensjahren aß er angeblich nur Käse und weichgekochte Eier im Glas. Dies ist, aus der Nähe betrachtet, das Bild der meisten berufsmäßigen Feinschmecker.

Der Arme handelt richtig, wenn er auf die komplizierten Ratschläge der Kochkünstler pfeift, und da er sowieso selten die Speisen ißt, die er gern essen möchte, sondern das, was er sich eben verschaffen kann, verbessert er zwangsläufig seine einfache geschmacklose Nahrung mit den Gewürzen seiner Phantasie.

Langsam essen, so lautet mein Ratschlag für die Armen, und dabei an erlesene, angenehme Dinge denken. Ein Kochbuch mit praktischen Ratschlägen darüber, woran man beim Verzehr von ranzigem Speck, viertägigem Brot und einer Schüssel Polenta denken soll, damit dem Armen nicht endgültig die Lust am Essen und am Leben vergeht – ein solches Kochbuch würde in unserer Gesellschaft, wo der Arme unregelmäßig, durcheinander und nicht selten recht geschmacklos ißt, zweifellos einen großen Erfolg erzielen.

Mit etwas Phantasie kann man selbst die langweiligsten Speisen in schmackhafte umwandeln. In meiner armen Jugend verabscheute ich den Wirsing, bis mein Onkel mich eines Tages darüber aufklärte, daß diese schmackhafte Kohlsorte zu den Lieblingsspeisen des Kaisers von China gehöre. Von diesem Augenblick an aß und esse ich, wenn auch nicht besonders gern, aber dennoch immer etwas verträumt, den Wirsing.

Wie unregelmäßig und planlos die Armen essen, dafür liefert der Nansen-Bericht von 1920 interessante Beispiele; er weist mit Hilfe von Lichtbildern und an Ort und Stelle gesammelter Belege die seltsame Tatsache nach, daß zu jener Zeit an den Ufern der Wolga die Armen ihre Kinder aufaßen. Diese ungewöhnliche Art der Ernährung hat bereits im 18. Jahrhundert Jonathan Swift, ein anglikanischer Geistlicher, der englischen Regierung zur einfachsten Lösung des schon damals aktuellen Problems der Armut empfohlen.

Ein weichgekochtes Ei oder eine Portion Kaldaunen langsam, mit eleganten Bewegungen und voller Hingabe zu verzehren verleiht zweifelsohne einen ähnlichen Genuß, wie die Speisenfolge einer königlichen Tafel abzuessen oder teilzunehmen an den heutzutage so häufigen offiziellen Banketten, die im krassen Widerspruch stehen zur verfeinerten und wahren Feinschmeckerei.

Es ist überhaupt am ratsamsten, zu zweit zu speisen. Diesen Luxus können sich auch die Armen manchmal leisten. Allein zu speisen erinnert an geheime Jugendsünden, und in großer Gesellschaft maßlos zu essen gleicht einer Orgie niedrigsten Grades. Der kultivierte Arme, der Sinn für festliche Stimmung hat, speist also möglichst zu zweit. Das in Gesellschaft eines nicht zu langweiligen Freundes oder der inspirierenden Freundin verzehrte Mittagessen, selbst das allereinfachste, gehört zu den intimsten festlichen Augenblicken des Lebens. Wir sollten lernen, das Essen als einen so intimen Vorgang zu betrachten wie den Liebesakt: Ein Mensch ist zu wenig, aber drei sind zu viel. Genau zwei gehören dazu. Darin liegt das Geheimnis seines Zaubers.

In der Welt der Armen hat sich das Vorurteil eingenistet, ein materielles Opfer in Form eines Abendessens sei das zweckmäßigste Mittel, um die Gunst einer Frau zu erobern. Ich nutze die Gelegenheit, um an dieser Stelle einer ganz falschen Ansicht entgegenzutreten. Die Frauen lieben das Mittagessen nicht weniger als das Souper, hingegen kostet nach meiner Erfahrung das Mittagessen in Frauengesellschaft weniger und führt sogar leichter zum Ziel.

Besonders zu Herbst- und Winterszeiten, wenn in den Restaurants schon gegen zwei Uhr die Lichter brennen, stellt sich bald bei der Frau jene seltsame Stimmung ein, die sie leicht zur Liebe hinleitet. Es ist noch halbwegs Tag, und dennoch hat die Uhr noch keine Rechte über die törichte Nervosität der alltäglichen Beschäftigung; die Beleuchtung ist weicher und persönlicher als abends, wo alles eher programmäßig wirkt. Auf kurze Zeit aus dem Trubel des Alltags herausgehoben, verleiht uns ein kleines festliches Essen à deux das Erlebnis eines außergewöhnlichen Ereignisses. Die Teilnehmer haben erst unlängst das Bett verlassen, ihre Sinne sind frisch und unverbraucht.

Die ganze Zeremonie des Mittagessens, ja selbst sein Geruch, ist anders als beim Abendessen. Die Suppe, besonders wenn sie im Teller serviert wird, erweckt in der Frau sofort ein gewisses Gefühl der Häuslichkeit; diese Intimität von Anfang an vermag die mehr oder weniger kalte Vorspeise des Soupers in der Frauenseele nie hervorzurufen. Mittags bestellen wir Speisen, die abends unvorstellbar wären: ein saftiges Gulasch, eingemachtes Huhn oder Schweinefleisch mit Sauerkraut; diese einfachen häuslichen Gerichte erfüllen die Frau ohne jeden Übergang mit Vertrauen. Der mittags genossene Wein wirkt ganz anders als der nächtliche Weinkonsum. Mittags trinken wir weniger (am zweckmäßigsten Rotwein), jedoch mit mehr Bedacht; die Blicke entzünden sich, die Sinne stumpfen aber nicht ab.

Nebenbei ist das Mittagessen immer billiger als das Souper, und es entfällt danach auch der Besuch einer Bar oder eines Nachtkaffees. Ohne die profanen Möglichkeiten der Nacht vermag der Arme nach dem Mittagessen freier über seine Liebe zu sprechen, und er braucht nicht zu befürchten, daß die Frau ihr Kleid in einem Nachtlokal zu zeigen wünscht. In Paris habe ich häufig gesehen, wie erfahrene ältere Franzosen in Gesellschaft von Frauen das Mittagessen in Chambres séparées einnahmen, während sie abends im öffentlichen Lokal an ihrer Seite erschienen. Diese Beobachtung empfehle ich den Armen ausdrücklich.

Es ist auffallend, daß die Armen, ohne Rücksicht auf das Klima, überall viel trinken. Die großen Vorteile des Genusses geistiger Getränke brauchen wir vor den Armen nicht zu preisen. Die Reichen trinken unverhältnismäßig weniger als die Armen und konsumieren Alkohol in größeren Mengen nur dann, wenn sie sehr unglücklich sind. Die Armen dagegen trinken sozusagen ununterbrochen. Viele haben es sich zur Regel gemacht, dauernd berauscht zu sein, und variieren den Grad ihrer Betrunkenheit nur gemäß ihrer Arbeitszeit.

Natürlich trinken die Armen nicht zum Vergnügen, sondern um ihre Verzweiflung zu betäuben, doch hat diese Verzweiflung meist überhaupt keinen bestimmten Grund. Manche Arme betrinken sich in aller Herrgottsfrühe, gleich beim Erwachen, sowie es ihnen einfällt, daß sie arm sind. In der Praxis beweist sich der Alkohol als das einzige Mittel, um die Armut mit Würde und einigermaßen gesund zu ertragen. Der Arme nimmt Getränke zu sich wie andere Aspirin gegen Kopfschmerzen. Es hilft auch fast immer. Das Leben der Armen in seinen kritischen Perioden ist mit dem Zustand eines operierten Kranken zu vergleichen, dem man nach einem Unfall ein wichtiges Sinnesorgan entfernt hat und der nun in seinem unerträglichen Schmerz dauernd jammert, wenn man ihm nicht von Zeit zu Zeit Morphium verabreicht. Der Unfall, der den Armen betroffen hat, ist die Armut. Das verlorene Sinnesorgan ist jener siebente Sinn, der den Menschen befähigt, sich in der Welt zu Hause zu fühlen, und über den jeder Wohlhabende verfügt. Der Arme fühlt sich nicht wohl in dieser Welt und muß, um nicht vor Schmerz zu jammern, ununterbrochen trinken.

Man braucht sich meiner Ansicht nach über die Auswahl der Getränke nicht unnötig den Kopf zu zerbrechen. Am billigsten ist Wein und Trinkbranntwein – beide sind im Preis erschwinglich.

Bier wirkt langsam, aber angenehm und sicher. Man soll natürlich verschiedenartige Getränke nicht wahllos hinter- und durcheinander trinken. Zwei, drei Gläschen Branntwein auf leeren Magen, und vor dem Essen, so gegen zwölf Uhr, zwei Glas Bier genügen vollkommen; zu Mittag sollen wir nur dann Wein trinken, wenn es uns darauf ankommt, nach dem Essen arbeitsfähig zu bleiben und unseren Geschäften gesund und mit jenem angenehmen kleinen Rausch nachzugehen, der die Vorbedingung jeder ersprießlichen Arbeit ist. Die mittags konsumierte Weinmenge soll jeweils unter einem Liter bleiben.

Bei einigen lateinischen Völkern, besonders bei den Franzosen, hat sich allgemein die Sitte eingebürgert, aus Verzweiflung vor dem Mittagessen ein Wasserglas konzentrierten Alkohols zu sich zu nehmen; Vererbung und Gewohnheit ermöglichen es den französischen Armen, diese schweren Getränke zu vertragen; dagegen dürfen wir unsere Beobachtung nicht verschweigen, daß die vor dem Essen genossenen konzentrierten Alkoholmengen verdummend und einschläfernd wirken.

Die Franzosen wissen dies, und da sie diesen Zustand hassen, trinken sie, um sich zu erfrischen, während der Mahlzeit sehr viel Wein. Es ist eine feststehende Tatsache, daß Völker, deren Arme in großer Zahl bedeutende Werke in der Geschichte vollbracht haben, dauernd und viel tranken. Die Engländer, Italiener und auch die Franzosen waren sowohl in kriegerischen wie in friedlichen Epochen ihrer Geschichte starke Trinker, während Völker, denen blödsinnige Gesetze auf eine gewisse Zeit die alkoholischen Getränke entzogen, unter Symptomen der Anarchie verfielen und nur zu bald die Beute mutwilliger trinkender Eroberer wurden, man denke nur an die Türken und später an die Inder.

Eine Vorschrift, wieviel und was ein großes armes Volk trinken soll, wäre eine unfruchtbare und überflüssige Bemutterung. Die Erfahrung lehrt, daß, je mehr das Volk trinkt, zu desto größeren Taten es sich auch gelegentlich fortreißen läßt. Ebenso wäre es eine plumpe Dummheit, eine so kapitale Frage wie die des Alkoholverbrauchs zu verallgemeinern. Die Franzosen trinken hauptsächlich Wein, und dieser vortrefflichen und gesunden Neigung verdanken wir vornehmlich, daß sie die Welt endlich mit den Menschenrechten und der Zivilisation beschenkt haben; es ist vollends undenkbar, daß ein Volk, welches seit Jahrhunderten saure Milch und Orangensaft trinkt, zu so großen Leistungen wie der Französischen Revolution fähig wäre.

Dem gegenüber steht der Whisky der Engländer, dessen regelmäßiger und bewußter Genuß diesem Inselvolk zur Gründung seines Weltimperiums verholfen hat. Wir kennen keinen Engländer, der das Leben in den Tropen ohne Whisky ertragen hätte; und als das Meer, dieses große vermittelnde Element mit seiner unbeschränkten Verkehrsmöglichkeit den Engländern die Welt erschlossen hatte und die Umrisse einer großen politischen Konzeption – die Zusammenfassung der Menschheit zum erstenmal wieder nach dem Zusammenbruch der Civitas Dei – am Horizont der Menschengeschichte auftauchten, nahmen die Engländer neben Geschützen, Fahnen und Gebetbüchern auch Branntweinfässer mit in die Kolonien, wo sie dieses ausgezeichnete Betäubungsmittel auch mit dem allergrößten Erfolg anwandten.

Es würde den Rahmen dieses kleinen Werkes weit überschreiten, wenn wir jetzt versuchen wollten, mit Vergleichsmethoden die Natur und die Art der Getränke zu ermitteln, die die Völker in kritischen Zeiten zu großen Taten ermuntert haben. Wir möchten lediglich bemerken, daß das zeitweilige Versagen des Deutschtums im Wettlauf der Völker um die Weltherrschaft zum Teil auf den maßlosen Bierkonsum zurückzuführen ist, dem diese große Nation schon einmal im Mittelalter zum Opfer fiel.

Ohne die Vorteile dieses an und für sich ausgezeichneten Getränks zu unterschätzen, und im vollen Bewußtsein, daß ein zur richtigen Zeit und bei richtiger Gelegenheit genossenes Glas Bier einem Göttergeschenk gleichkommt, müssen wir um der historischen Wahrheit willen dennoch feststellen, daß weintrinkende Völker sich eher zur Gründung von Weltreichen eignen als biertrinkende Nationen. Die zweifelsohne heilsame Wirkung von Bier könnten wir am ehesten mit der Theorie der homöopathischen Heilmittel erklären. Gleich dem in minimaler Dosierung verabreichten Gift wirkt auch das Bier heilspendend, besonders in früher Morgenstunde nach maßlosem Genuß von edleren Alkoholika. Auch in diesen Fällen empfehlen wir nur das helle Bier in kleinen Mengen von nicht mehr als einem Viertelliter. Die Römer tranken ausschließlich Wein; und der Wein spornte die machtvollen kriegerischen Völker des Altertums zu großen historischen Taten an. In den Übergangszeiten des Friedens spielt der maßvolle Biergenuß beim Ausgleich der gesellschaftlichen Gegensätze unbedingt eine wichtige Rolle; die großen Intuitionen dagegen, wie auch das Narkotikum gegen historische Schicksalsschläge, suchte und fand ein gesundes Volk nur im Wein.

Ein oder gar mehrere Gläser reinen edlen Weins, in dem sich der würzige Ruch der Erde und das strahlende Lächeln der Sonne vereinen, können uns, wenigstens für einige kurze Augenblicke, die Existenz, selbst in ihrer Sinnlosigkeit, als eine lebenswerte Notwendigkeit sehen lassen. Einer der Gründe des Verfalls der jüdischen Nation ist wohl in der Verachtung zu suchen, mit der die Juden die Freude anderer Völker am Alkohol verdammten und den Alkoholgenuß zu einer barbarischen, rohen

Sitte stempelten. Die schädlichen Folgen der mit dem scharfen kritischen Sinn des jüdischen Volkes schlecht zu vereinbarenden eigenen Mäßigung sind zu gut bekannt, um sie in allen Einzelheiten noch besprechen zu müssen. Die Juden haben sich im Laufe ihrer Geschichte damit zufrieden gegeben, den Wein an die anderen zu verkaufen, und begnügten sich mit dem Profit, der ihnen durch ihre Freude am Alkoholhandel zufloß.

Den wahren Profit bringt jedoch nur der Wein, den wir trinken, und jener leicht benebelte Scharfsinn im Übergangsstadium zum Rausch zeigt uns die Umrisse unseres Lebens in schärferem Licht und aus einem weiteren Gesichtswinkel als die noch so fein ziselierte systematische und nüchterne Überlegung. Drei Viertel Wein, alle drei Stunden genossen, genügen zu diesem Zweck; dabei tut der Arme gut, zwei bis drei Stunden nach dem Erwachen, ebenso von vier bis sieben Uhr nachmittags, keinen Alkohol zu sich zu nehmen.

Mit welchen kleinen Passionen sollte der Arme sich die Zeit vertreiben? Die in der Welt fast am meisten verbreitete Zerstreuung, die Liebe, gehört auf Grund des oben Gesagten nicht zu den billigen und praktischen Passionen; darum können wir sie auch getrost unberücksichtigt lassen. Der Winter- oder Sommersport ist für anspruchsvolle richtige Arme sozusagen unerreichbar, da jeder Sport: Rudern, Schwimmen, Skilaufen, Rodeln, Golf und Tennis, viel zuviel Geld kostet; vor allem braucht man zur Ausübung dieser Sportarten ein Auto, denn es ist sowohl im Winter wie im Sommer gleich langweilig und erniedrigend, zu den Sportplätzen mit der Tram zu fahren; überdies ist der Sport auch aus ästhetischen Gründen wenig empfehlenswert – man setzt nämlich Fett dabei an.

Der Verfasser dieser Zeilen hat festgestellt, daß er jedesmal, wenn er die seltene Gelegenheit hatte, sich sportlich zu betätigen, an Gewicht zunahm; nach einer Ruderfahrt auf der Donau von der Margaretenbrücke bis Altofen erhöhte sich sein Körpergewicht, genau nachgeprüft, um 800 Gramm. Den Sport können wir also getrost von der Liste der billigen und praktischen Passionen streichen.

Als billige Zerstreuung empfehle ich vornehmen Armen dagegen, wöchentlich einen Rasierruhetag einzuschalten; vor dem Essen zwei Stunden zu schlafen; Radio nur während der Hörpausen einzustellen; beim Läuten des Telephons den Hörer abzunehmen und, was immer der Anrufende auch sagt, nicht zu antworten; dies ist zu wiederholen, wenn sich die Person in der Annahme einer falschen Verbindung noch einmal meldet; einem Touristenverein als Mitglied beizutreten und an den Tagen der Gemeinschaftsausflüge zu Hause zu bleiben, das Zimmer zu verdunkeln, die Schuhe auszuziehen, den Kragen abzunehmen und vollkommen entspannt bis abends einen guten englischen Roman zu lesen.

Weiter empfehle ich einen Besuch des landwirtschaftlichen Museums und des Landesarchivs; als Provinzler maskiert eine Wanderung durch die Stadt, andächtige Bewunderung der Denkmäler; Erkundigungen einholen beim Verkehrspolizisten an der Kreuzung der Rákoczystraße und der Großen Ringstraße, wo die Mokusgasse in Altofen liegt und wie man schnellstens hingelangt; einen Aufsichtsbeamten des Kriegshistorischen Museums bei Schneeschmelze herausrufen und sich die auf der Bastei aufgestellten historischen Geschütze erklären lassen; in der Maske eines »dankbaren früheren Schülers« Besuch bei alten Lehrern abstatten; heiße Liebesbriefe an abgetakelte Operettenprimadonnen schreiben, gezeichnet mit »Universitätsstudent«; mit der Unterschrift »ein Wähler« begeisterte und gerührte Briefe an korrumpierte und bestechliche Abgeordnete richten; gut angezogen einen Spaziergang im Regen machen; an einem schönen sonnigen Tag, als Steuerzahler getarnt, den Leiter der städtischen Abwasseranlagen besuchen und fordern, daß er persönlich das Kanalisationssystem von Budapest zeigen und den Gast unterirdisch führen müsse.

Dies sind die billigen, praktischeren und vornehmeren Zerstreuungen, die, neben Alkohol, im Rahmen unserer Zivilisation dem Armen zur Verfügung stehen. Die Armen vermögen, auch ohne Geld, sich mit sehr primitiven Spielereien die Zeit zu vertreiben.

Auf einer Reise in Mittelfrankreich, im Abteil eines Zuges zwischen Lavardin und Chartres, beobachtete ich ein Ehepaar mit seinem Kindchen. Der liebevolle Vater unterhielt seinen greinenden Sprößling: Er zog seine Schuhe aus und ließ das Kind mit seinem Fuß spielen. Das Armenkind unterhielt sich stundenlang mit dem Fuß des Vaters, denn die Phantasie der Armut kennt wahrlich keine Grenzen, und ich muß gestehen, daß mich, während ich diese reizende Szene beobachtete, tiefste Rührung und Trauer ergriff.

9

Ohne Geld können wir aus dem Leben nur ein Kunstwerk in Form von Kleinplastik schaffen. Selbst dann ist es nicht leicht. Unter Kleinplastik verstehen wir jene intime künstlerische Ausdrucksform, durch die der Künstler seine visionäre Auffassung von der Welt mit vollkommener Durchdringung und Reproduktion irgendeines Details ausdrückt. Wir müssen uns mit »einem Teil statt des Ganzen« zufriedengeben, denn das »Ganze« gehört nur wenigen.

Was verstehen wir eigentlich unter diesem »Ganzen«? Bewegungsfreiheit, unbeschränkte Möglichkeiten, die Welt zu sehen und alles zu haben, was man sich mit Geld aneignen kann. Wie wir im Anfangskapitel unseres Werkes gesehen haben, ist dies noch lange nicht alles; unkultivierte Reiche jedoch begnügen sich auch mit der käuflichen Welt. Der Arme, der mit den Lehren des »Sacrum commercium« nicht ganz einverstanden ist, welches die erhabene Lehre verkündet, daß »die heilige Armut hoch über allen Tugenden steht und mit ihrem unvergänglichen Zauber alle übertrifft, da sie die Grundlage und Hüterin sämtlicher Tugenden ist« (siehe: »Le mistiche nozze di fra Francesco con Madonna Povertà«) – dieser Arme muß sich trotz aller dem Poverello di Dio erwiesenen andächtigen Entzückung der Kunst der Kleinplastik zuwenden, wenn er die festlichen Stunden seines Lebens menschenwürdig zu gestalten wünscht.

Denn alle Autoren stimmen darin überein, daß die Armen in niedrigen und rohen Existenzverhältnissen leben müssen.

Ist es möglich, die Kunst der Kleinplastik schulmäßig zu erlernen? Vielleicht in der Theorie – die Ausführung jedoch bleibt das ureigene Geheimnis des Künstlers. Die handwerklichen Regeln einer Kleinplastik der Armut kann man so wenig in allgemeine Lehrsätze – gewissermaßen als einen Katechismus – zusammenfassen, wie es stets ein unfruchtbarer Versuch bleiben wird, die Liebesmöglichkeiten in ein System zu zwängen. Hier, wie in der Liebe, hängt alles vom Erfassen der plötzlich auftauchenden Gelegenheiten ab.

Der arme Lebenskünstler lebt in einem stetigen, stillen Trancezustand und hat es seit langem aufgegeben, aus seinem Leben ein ununterbrochenes heidnisches Freudenfest mit Blumen, Musik und Glückseligkeit machen zu wollen. Vielleicht wäre auch ein Leben mit dauernder Musik und Glückseligkeit unerträglich. Er beschränkt sich also darauf, bei jeder kleinsten Gelegenheit eine festliche Stimmung herbeizuzaubern.

Wenn er unter zehn Regiezigaretten eine einzige findet, die schon trocken und fest genug gestopft ist, so beginnt er sofort seine Kleinplastik. Er steckt mit fein tastenden Fingerspitzen die Zigarette in den Mund, und wie er sie anzündet, wie er den lauen, bitteren Rauch des ersten Zugs tief und mit geschlossenen Augen inhaliert, wie er ihn dann durch den halboffenen Mund wieder ausatmet, wie er den Rauchwölkchen nachblickt, wie er mit Gaumen und Auge diesen Moment prüfend genießt, gleicht er einem ägyptischen Zigarettensachverständigen, der sich anschickt, über eine besonders edle Tabaksorte ein Urteil zu fällen, gegen das es keine Berufung gibt. Wie er aus der Zigarette ein kleines Fest, eine Kleinplastik macht, so trinkt er auch mit kleinen Schlückchen und zeremonieller Hingabe ein Glas Wasser; er öffnet den Hahn der Wasserleitung in der Küche mit der Bewegung eines fast verdursteten Beduinen, der in der Sahara eine Oase mit einer Quelle findet. Gibt es überhaupt ein herrlicheres Geschenk als einen reinen kalten Schluck Wasser? – diese Frage spiegelt sich in seinem ekstatischen Gesichtsausdruck wider, wenn er das Glas zum Mund führt. Sich ans Fenster stellen und die millionenmal gesehene graue Straße mit einem Blick zu bewundern, als sähe man zum erstenmal London oder die Pyramiden von Giseh – auch dies ist Kleinplastik.

Den Geschmack, die Form, den Zusammenhang der Dinge ohne Erinnerungen mit der Unvoreingenommenheit eines Neugeborenen zu erkennen und gleichzeitig so erfahren zu sein wie der routinierteste Lebenskünstler, der nur mehr auf die primitivsten, rohen und gesunden Einwirkungen reagiert: das ist Kleinplastik.

In der Lebenskunst der Armen offenbart sich eine Art von sittlichem Verlangen, mit dem die großen schaffenden Künstler die Eindrücke der Welt in sich aufnehmen. Wenn der arme Lebenskünstler mit Kleinplastik arbeitet, so geht er mit dem größten Ernst an sein Werk heran, sieht ein Blatt oder eine Frucht, einen neuen Bogen Fließpapier, das Lächeln eines Menschen in der Gesamtheit der Erscheinung und dennoch für sich, losgelöst und herausgehoben aus dem unbegreiflichen Chaos der Welt, mit einer der Wahrheit gebührenden intuitiven Andacht. Aus der zerfließenden trüben Substanz der Existenz destilliert er nur einige Tröpfchen heraus; aber diese wenigen Tröpfchen genießt er sodann mit allen seinen Sinnen.

Sich intensiv und ernsthaft mit einem Menschen zu beschäftigen gehört auch zur Kunst der Kleinplastik; zu dieser Kunst sind meist nur jene edlen Armen fähig, die man später, eben darum, heiliggesprochen hat. Die meisten Armen leben mit ihren Familien oder mit Tieren, wenn es ihnen jedoch freisteht, am liebsten allein. Dinge, die die Welt fallen läßt, heben sie auf, nehmen sie mit nach Hause und betrachten sie.

Wie die Kinder mit einem Stück Holz spielen, das sich abwechselnd je nach Lage und Stellung in ihrer Phantasie in eine Eisenbahn, eine Figur oder ein Flugzeug verwandelt, so hantiert, dreht und schiebt der Arme in seiner Einbildung die Abfälle der Welt, einen Scherben, eine Vogelfeder, eine alte Zeitung, einen Knopf oder einen wertlos gewordenen Pfandschein. All dies erfüllt sein Herz mit Freude, denn die Dinge bedeuten ihm eine Botschaft aus der Welt in die Einsamkeit und Abgeschiedenheit seiner Armut.

Er freut sich sogar über ein benutztes Trambahnbillett und studiert eingehend den kleinen Stadtplan darauf, denn er zeigt ihm die Skizze seines Reiches, und er schaut sie ebenso bewundernd an wie Sven Hedin die englische Generalstabskarte von Tibet.

Der Arme ist meist so arm, daß er sich sogar über Begräbnisse und Hinrichtungen freuen kann. Bei Spaziergängen durch die Stadt bewundern die Armen die Reiterdenkmäler der Nationalhelden mit der gleichen Andacht wie die Mülleimer vor den Häusern. Eine so andächtige

Einschätzung der Dinge ist Kleinplastik. Aber das kann man in der Schule nicht lernen.

Ein seltsamer Rausch befällt manchmal die Armen. Gleich einem Schwerkranken im Delirium feiern sie ihre Krankheit, empfinden die Armut als eine Gabe des Schicksals, als einen edlen, höheren Zustand, und geben diesem fiebrigen Wahn mit ekstatischen Reden und Hymnen Ausdruck. Die profane Literatur ist nicht minder gesättigt mit dem überschwenglichen Lob der Armut als die kirchliche. Dichter und Heilige preisen die Armut als das höchste Gut, als eine Gnade, die der Menschheit in Urzeiten zuteil wurde, und wir können von Johannes von Paorna bis zu den großen russischen Schriftstellern eine ganze Reihe von Beispielen zur Charakterisierung dieses Rauschzustands der Armut anführen.

Die einfache, kaum erweiterte christliche These, daß die Armen leichter und eher in den Himmel gelangen als die Reichen, wurde von den späteren Schriftvätern mit Vorliebe und nur zu oft so ausgelegt, als wäre das himmlische Reich schon hier auf Erden auffindbar, als wäre die Armut sozusagen der Vorgarten des Paradieses. Diese Herrlichkeit der Armut haben wir persönlich nie empfunden. Ich habe im allgemeinen unter der Armut gelitten und sie nur schwer ertragen. Viel Übung und mannigfaltige Erfahrungen haben mich jedoch gelehrt, dem Rausch der Armut, diesem seltenen, erregenden und nervenstärkenden Seelenzustand, welcher bei der Erkenntnis gewisser Dinge zeitweise jeden sensitiven Armen befällt, wenigstens Verständnis entgegenzubringen.

Man könnte wahrlich sagen, daß es Festtage des armseligen Lebens sind, wenn der Arme sein Erdenschicksal gleich einem göttlichen Geschenk feiert und alles, was er in seinen nüchternen Augenblicken als lebenslängliche Gefangenschaft betrachtet, nun für Freiheit hält.

Bis auf wenige Ausnahmen verherrlichen die vornehmsten Autoren in ihren Werken die Freiheit der Armut. Dante und ebenso Rousseau preisen die Armut, und der heilige Paulus ist von ihr so begeistert wie G. B. Shaw. Auch die philosophische Literatur lehrt uns, daß nur die Armut dem Menschen die wahre, die vollkommene Freiheit verleiht. Je ärmer, desto freier ist der Arme.

Dieser ungebundene Zustand erinnert fast an die Freiheit der Tiere. »Frei wie der Vogel«, sagt der Volksmund und meint damit zugleich, daß der Vogel besitzlos ist wie ein Armer, also frei. Die Freiheit der Armen ist am treffendsten mit der Freiheit der Wildschweine und der Fische vergleichbar. Der Rausch des Seins, welcher zeitweise ein Freiheitsgefühl in den Armen auslöst, befällt manchmal auch die Tiere.

Alle Philosophen kennen diesen Rausch, und ich hatte auch Gelegenheit, ihn an mir selbst zu beobachten. In seltenen und entscheidenden Augenblicken meines Lebens dämmerte schemenhaft die Erkenntnis herauf, daß ich vollkommen frei sei, da alles mir, dem Armen, Gehörige materiell so wertlos ist, daß ich mich meines weltlichen Vermögens unbedenklich jeden Augenblick entblößen kann und ohne Verlust zu erleiden nach Honolulu oder gar in den Tod abreisen könnte.

Eines Tages erkannte auch ich die beglückende Wahrheit, daß ich frei bin, weil ich in diesem Leben nichts zu verlieren habe. Der Reiche kennt diesen Rausch nicht. Diese Erkenntnis aber lehrt den Armen, sich nicht besonders an das Leben zu klammern. Die Freiheit der Armen ist überdimensional und überwindet selbst die Grenzen des Lebens. Mancher Arme wirft sein Leben wie ein wertloses Faksimile nur zu leicht fort und nimmt ohne besonderes Bedauern und ohne das Gefühl, etwas zu verlieren, Zuflucht in den Tod. Diese Freiheit ist wahrlich berauschend.

Die Frage, ob sich die Aussichten der Armen im Jenseits rosiger gestalten werden als im Erdenleben, bleibt ungelöst; den Verdacht, es könnte nicht so sein, drückt der beredte und saftige Ausspruch des Volksmundes aus: »Der Herr bleibt auch in der Hölle ein Herr«, den man auch so deuten kann, daß der Arme auch in der Hölle ein Armer bleibt und daß man ihn nicht separat in einem Kessel mit Öl von besonders feiner Qualität schmoren wird, sondern alle Arme, wie Krebse oder Aale, zugleich.

Obwohl die Armut, ebenso wie der Reichtum, eine überirdische göttliche Schicksalsbestimmung ist, scheint es unwahrscheinlich, daß das Leben im Jenseits zwischen Arm und Reich den gleichen Unterschied machen wird wie hier auf Erden. Die Religion lehrt, daß dem Armen für seine Leiden auf Erden im Paradies eine Entschädigung zuteil wird, wogegen es dem Reichen schwerer fallen wird, ins Paradies zu gelangen, denn einem Kamel, durch ein Nadelöhr zu schlüpfen. Die Reichen haben sich mit dieser Strafe längst abgefunden, und bis auf wenige Ausnahmen versuchen sie es nicht einmal mehr, ins Paradies zu gelangen. Sie begnügen sich mit den wertlosen Freuden des Erdenlebens und überlassen den Armen sozusagen restlos das Paradies. Es ist eigenartig – aber es ist dennoch so.

Die Religionen lehren ausnahmslos, daß Gott der Freund der Armen sei. Auch mich erfüllte bereits in meiner Jugend dieser tiefe Glaube. Gott ist die einzige Autorität, die der Arme mit Du anreden kann. Einen Vorgesetzten muß man siezen und zum Beispiel mit »Herr Vorstand« anreden. Gott hat keinen Rang. Der Arme spricht ihn unmittelbar in zweiter Person an; zwischen Armen und Gott habe ich eine innige und rührende Intimität im höchsten Grade beobachten können, die den Armen für die etwas unfreundliche Einsamkeit, die ihn zwischen den Menschen umgibt, reichlich entschädigt. Der Arme wendet sich mit all seinen bescheidenen Wünschen an Gott, da es, wie er aus der Erfahrung weiß, sonst niemanden gibt, an den er sich wenden könnte.

Die Armen beten zu Gott nicht so sehr um ihr Seelenheil, das ihnen die Kirche sowieso verspricht, sondern eher um ein Paar Schuhe oder um eine Kaffeemühle. Mit ihren grotesken Wünschen wenden sie sich, ähnlich wie Kinder, an Gott; sie bestürmen Gott mit frivolen und weltlichen Wünschen, sie bitten ihn um Hufnägel oder warme Unterwäsche und beten lange um eine Bauchbinde. Sie flüchten sich mit jedem kleinen Kummer zu Gott, denn sie wissen, daß er der einzige ist, der sie anhört. Gott ist der persönliche gute Freund eines jeden Armen.

Der Reiche zündet zur Ehre Gottes eine Wachskerze an, baut Kirchen oder bringt sonst ein Opfer; der Arme, gleich einem kleinen Quälgeist vor Weihnachten, belästigt ihn ununterbrochen mit seinen einfältigen Wünschen. Aus den Worten der Heiligen wissen wir, daß Gott diese Belästigungen gefälliger sind als die Gaben der Reichen.

Zum bewußten Erkennen der Armut gesellt sich das Geschenk der Freundschaft mit Gott. Je ärmer der Mensch wird, um so intimer gestaltet sich seine Beziehung zu Gott. Solange ich als junger Mensch in der Illusion lebte, dazu auserwählt zu sein, ein Reicher zu werden, wußte ich nichts von Gott. Gleichwie dem Saulus auf dem Weg nach Damaskus offenbarte sich auch mir Gott im entscheidenden Augenblick meines Lebens – ich vernahm Seine Stimme und erkannte Ihn. Dies geschah in Hamburg unter einer Brücke. Jedem Armen offenbart sich Gott einmal. Ein brennender Dornbusch ist dazu nicht notwendig. Der Mensch lebt und weiß nicht mehr von Gott als von einem fernen, mächtigen Herrscher, den man ehren soll, mit dem man aber persönlich nichts zu tun hat. Eines Tages macht er seine Bekanntschaft.

Diese Begegnung kann in unserem Zeitalter in alltäglicher Form vor sich gehen, in einem Kaffeehaus oder in der Untergrundbahn, denn Gott erscheint an profanen Orten häufiger als in den Kirchen. Sein Erscheinen ist weder von Blitz und Donner noch vom himmlischen Licht oder geistlichen Chor begleitet. Er spricht alle Sprachen ganz einfach und verständlich und bleibt immer bei dem, wovon gerade die Rede ist. Die kindlichen Wünsche der Frauen erhört er mit der gleichen Barmherzigkeit wie die sündigen Begierden der Männer. Es ist nicht wahr, daß Gott nur dem gefällig ist, den man auf Erden als tugendhaft bezeichnet. Jeder Arme weiß aus Erfahrung, daß sehr oft Gott ausgerechnet jenes nicht gefällig ist, was die weltlichen Gesetze in notgedrungener Anpassung an die Verhältnisse des Lebens als Recht verkünden. Gott ist kein Landesgerichtsrat und kennt keine Paragraphen. In den Augen Gottes erscheint nicht jedes Vergehen als eine unbedingte Sünde, für das ein weltliches Gericht den Armen verurteilen müßte. Gott ist vor allem ein Freund. Vom heiligen Franziskus wissen wir, daß dieser ausschließlich der Freund der Armen war.

Wenn der Arme im Lauf seines Lebens in eine Sackgasse gerät, so ist es wohl am richtigsten, wenn er die Behörden und karitativen Einrichtungen beiseite läßt und sich unmittelbar an ihn wendet. Dies ist der einzige praktische Rat, den wir dem Armen in schwieriger Lebenslage aus tiefster Überzeugung geben können. Gott wird dem Armen auf wundersamen Wegen mit seinen unerforschlichen Mitteln unbedingt helfen. Jedes andere Experiment, mit dem man versuchen wollte, das Schicksal der Armen in dieser Welt zu lösen, erscheint mir schwerfällig, umständlich und ziemlich hoffnungslos.

Schlusswort

Ich zweifle nicht daran, daß es mir im Rahmen meiner kleinen Abhandlung nur mangelhaft und unvollkommen gelungen ist, mein vorgestecktes großes Ziel zu erreichen. Meine Kraft ist beschränkt, und ich kenne ihre Grenzen. Wahrscheinlich ist es mir auch nicht gelungen, das Geschmacksniveau der Armen durch die in diesem Buch gegebenen praktischen Ratschläge in erwünschtem Maß zu heben. Darum halte ich es für zweckmäßig – und ich zweifle nicht daran, daß ein aufgeklärteres und zivilisierteres Zeitalter mir auch in der Praxis Genugtuung geben wird –, daß man die Grundelemente meines kleinen Werkes schon in den Mittelschulen, etwa an Stelle des Griechischen oder des Gesangunterrichts, lehrt; dem Armen nämlich nutzt im Leben die griechische Sprache oder das Singen nur sehr wenig, dagegen ist es für ihn von fundamentaler Wichtigkeit, schon in früher Jugend die Grundbegriffe der Armut kennenzulernen.

Ich würde es begrüßen, die Armut als Pflichtfach in der Schule zu lehren, denn die Natur der Armut, ihre Abarten und Symptome interessieren die Menschheit bestimmt mehr als die Pflanzen- oder Mineralkunde, von der propädeutischen Philosophie gar nicht zu sprechen. Den Armen soll man die Lebenskunst lehren, bevor die Menschheit auf das Niveau der Höhlenbewohner herabsinkt, dessen Vorzeichen wir gerade in unserem Zeitalter häufig und mancherorts wahrnehmen können.

Mein kleines Werk bemüht sich, selbst in seiner Mangelhaftigkeit diesem Zweck zu dienen; besser Vorbereitete und feinere Stilistiker mögen mir auf dem angebahnten Weg folgen. Für mich persönlich ist es schon eine Genugtuung, wenn es mir gelungen ist, einigen schlecht orientierten Armen meinesgleichen ein paar anspruchslose Ratschläge zu erteilen, und daß es mir vergönnt war, als einfacher Kämpfer mit bescheidenen Mitteln an jenem ebenso gigantischen wie aussichtslosen Krieg teilzunehmen, den in den letzten Tagen unserer Zivilisation die besten Geister der Zeit gegen die nie geahnte Verrohung des guten Geschmacks und der Menschen unternommen haben.

Wie ich es für unwahrscheinlich halte, daß es je gelingen wird, die große Masse aus dem Zustand der allgemeinen Armut herauszuheben, so habe ich auch wenig Hoffnung für eine durchgehende Verbesserung des Geschmacksniveaus der Menschheit. Meiner Wahrnehmung nach ist die menschliche Einfalt und Duldensfähigkeit ebenso grenzenlos wie die Anhänglichkeit der Massen an Gewohnheiten und Vorurteile.

Ich halte überhaupt nur den einzelnen zu moralischen Handlungen fähig, jedoch nie die Masse. Auch zum Genuß des Lebens halte ich nur den einzelnen für geeignet, denn ohne den mysteriösen Zauber des Individualismus sind alle Ratschläge und Normen, die die Liebe zum Leben lehren, vollkommen zwecklos. Die modernen Anschauungen über die Gesellschaftsform verneinen das Recht des Individuums zum Leben und verkünden große, allgemeine Lösungen.

Statt »große und allgemeine« Lösungen zu liefern, gedenkt mein kleines Werk, dem Privatleben zu dienen. Ich bin mir im klaren, daß diese Absicht vom Standpunkt der Kritiker unserer Zeit unmoralisch erscheint; heutzutage gilt jeder für unmoralisch, der eine Privatperson bleiben will und es wagt, seine Stellungnahme zu verteidigen. Unser Zeitalter schleppt jeden auf den Scheiterhaufen, der sich weigert, sein Seelenheil in der Religion der Massen zu suchen; ohne besondere Lust und auch ohne die geringste Sehnsucht nach Märtyrertum wählen wir dennoch lieber den Flammentod, den die Inquisitoren unserer Zeitepoche für den Individualisten bereithalten, als die Kollektive.

Mein kleines Werk ist für die wenigen übriggebliebenen Privatpersonen bestimmt; darum weiß ich auch, daß es auf keine besonders große Verbreitung rechnen kann.

Laßt mich also mein Werk – welches das Individuum, das Wenige, den Widerstand und die Miniatur gegenüber der Masse, dem Rohmaterial, dem Sichfügen preist, welches das Vergängliche und Selektive im Gegensatz zum Unendlichen und Formlosen verkündet – mit den Worten des göttlichen Dichters beenden:

»... vom vielen Schönen, das der Himmel trägt,
sah ich manches durch einen kleinen Ring:
und so gelangten wir fort zu den Sternen.«

Sándor Márai bei Piper:

Die Glut
Das Vermächtnis der Eszter
Bekenntnisse eines Bürgers
Himmel und Erde
Land, Land
Die jungen Rebellen
Ein Hund mit Charakter
Der Wind kommt von Westen
Tagebücher 1984–1989
Die Gräfin von Parma
Die Nacht vor der Scheidung
Lieber Tibor: Briefwechsel
Sándor Márai/Tibor Simányi
Wandlungen einer Ehe
Das Wunder von San Gennaro
Die Fremde

Über Sándor Márai:
Ernö Zeltner, Sándor Márai:
Ein Leben in Bildern

PIPER

Ernö Zeltner

Sándor Márai

Ein Leben in Bildern. 229 Seiten. Gebunden

»Die Arbeit ist Heimat, also Kerker und Glück zugleich – wo mir alles verhaßt und zugleich süß und wunderbar bekannt und vertraut ist.« Heimat war für Sándor Márai auch und vor allem die ungarische Sprache, an der er auch nach Jahrzehnten im Exil festhielt und die für ihn ebenso Insel der Freiheit wie Isolation bedeutete. 1900 als Sohn eines angesehenen Anwalts geboren, gab er schon früh seiner Leidenschaft für die Literatur nach: Seinen ersten Gedichtband veröffentlichte er mit 18. Als Student in Berlin begeisterte er sich für zeitgenössische Autoren wie Kafka und Trakl. Anfang der zwanziger Jahre ging Márai mit seiner jungen Frau, der Jüdin Ilona Matzner, nach Paris; seine kreativste Phase jedoch erlebte er im Budapest der Zwischenkriegszeit: Er veröffentlichte mehr als 20 Romane und zahlreiche Feuilletons. Nach der Emigration 1948 abgeschnitten von seiner europäisch-intellektuellen Welt, verbrachte Márai die zweite Hälfte seines Lebens bis zu seinem Freitod 1989 in zunehmender Vereinsamung.

01/1131/01/R